Gröls Verlage

„BÜCHER SIND WIE FALLSCHIRME. SIE NÜTZEN UNS NICHTS, WENN WIR SIE NICHT ÖFFNEN."

Gröls Verlag

Redaktionelle Hinweise und Impressum

Das vorliegende Werk wurde zugunsten der Authentizität sehr zurückhaltend bearbeitet. So wurden etwa ursprüngliche Rechtschreibfehler *nicht* systematisch behoben, denn kleine Unvollkommenheiten machen das Buch – wie im Übrigen den Menschen – erst authentisch. Mitunter wurden jedoch zum Beispiel Absätze behutsam neu getrennt, um den Lesefluss zu erleichtern.

Um die Texte zu rekonstruieren, werden antiquarische Bücher von Lesegeräten gescannt und dann durch eine Software lesbar gemacht. Der so entstandene Text wird von Menschen gegengelesen und korrigiert – hierbei treten auch Fehler auf. Wenn Sie ebenfalls antiquarische Texte einreichen möchten, finden Sie weitere Informationen auf www.groels.de

Viel Freude bei der Lektüre wünscht Ihnen das Team des Gröls-Verlags.

Adressen

Verleger: Sophia Gröls, Im Borngrund 26, 61440 Oberursel

Externer Dienstleister für Distribution & Herstellung: BoD, In de Tarpen 42, 22848 Norderstedt

Unsere „Edition | Werke der Weltliteratur“ hat den Anspruch, eine der größten und vollständigsten Sammlungen klassischer Literatur in deutscher Sprache zu sein. Nach und nach versammeln wir hier nicht nur die „üblichen Verdächtigen“ von Goethe bis Schiller, sondern auch Kleinode der vergangenen Jahrhunderte, die – zu Unrecht – drohen, in Vergessenheit zu geraten. Wir kultivieren und kuratieren damit einen der wertvollsten Bereiche der abendländischen Kultur. Kleine Auswahl:

Francis Bacon • Neues Organon • **Balzac** • Glanz und Elend der Kurtisanen • **Joachim H. Campe** • Robinson der Jüngere • **Dante Alighieri** • Die Göttliche Komödie • **Daniel Defoe** • Robinson Crusoe • **Charles Dickens** • Oliver Twist • **Denis Diderot** • Jacques der Fatalist • **Fjodor Dostojewski** • Schuld und Sühne • **Arthur Conan Doyle** • Der Hund von Baskerville • **Marie von Ebner-Eschenbach** • Das Gemeindekind • **Elisabeth von Österreich** • Das Poetische Tagebuch • **Friedrich Engels** • Die Lage der arbeitenden Klasse • **Ludwig Feuerbach** • Das Wesen des Christentums • **Johann G. Fichte** • Reden an die deutsche Nation • **Fitzgerald** • Zärtlich ist die Nacht • **Flaubert** • Madame Bovary • **Gorch Fock** • Seefahrt ist not! • **Theodor Fontane** • Effi Briest • **Robert Musil** • Über die Dummheit • **Edgar Wallace** • Der Frosch mit der Maske • **Jakob Wassermann** • Der Fall Maurizius • **Oscar Wilde** • Das Bildnis des Dorian Grey • **Émile Zola** • Germinal • **Stefan Zweig** • Schachnovelle • **Hugo von Hofmannsthal** • Der Tor und der Tod • **Anton Tschechow** • Ein Heiratsantrag • **Arthur Schnitzler** • Reigen • **Friedrich Schiller** • Kabale und Liebe • **Nicolo Machiavelli** • Der Fürst • **Gotthold E. Lessing** • Nathan der Weise • **Augustinus** • Die Bekenntnisse des heiligen Augustinus • **Marcus Aurelius** • Selbstbetrachtungen • **Charles Baudelaire** • Die Blumen des Bösen • **Harriett Stowe** • Onkel Toms Hütte • **Walter Benjamin** • Deutsche Menschen • **Hugo Bettauer** • Die Stadt ohne Juden • **Lewis Caroll** • *und viele mehr….*

Edgar Allan Poe

Das Geheimnis der Marie Rogêt

Es gibt eine Reihe idealischer Begebenheiten, die der Wirklichkeit parallel läuft. Selten fallen sie zusammen. Menschen und Zufälle modifizieren gewöhnlich die idealische Begebenheit, so daß sie unvollkommen erscheint und ihre Folgen gleichfalls unvollkommen sind. So bei der Reformation; statt des Protestantismus kam das Luthertum hervor.

Novalis, Moral-Ansichten

Selbst unter den kühlsten Denkern gibt es nur wenige, die nicht gelegentlich durch ein fast wundervolles Zusammentreffen von Ereignissen sich versucht gefühlt hätten, an übernatürliche Dinge zu glauben. Solches Fühlen – denn dies halbe Glauben, von dem ich rede, wird nur gefühlt, nicht streng gedacht –, solches Fühlen ist schwer zu unterdrücken, höchstens durch die Lehre von den

Zufälligkeiten oder, wie der Terminus technicus lautet, durch die Wahrscheinlichkeitsrechnung. Nun ist solche Berechnung in ihrem Wesen rein mathematisch, und da haben wir also die Absonderlichkeit, die exakteste aller Wissenschaften auf die Schatten und Schemen der spekulativsten Wissenschaft angewendet zu sehen.

Man wird finden, daß meine zeitlich voranliegende Geschichte, zu deren Veröffentlichung ich jetzt aufgefordert worden bin, in ihren Einzelheiten höchst merkwürdigerweise das vollkommene Seitenstück bildet zu der jüngst geschehenen Mordtat an der Mary Cecilia Rogers in New York.

Als ich vor Jahresfrist in einer Erzählung, betitelt „Der Doppelmord in der Rue Morgue", versuchte, die auffallenden Geistesgaben meines Freundes, des Chevaliers C. August Dupin, zu schildern, ahnte ich nicht, daß ich dies Thema je wieder aufnehmen würde. Meine Absicht hatte sich vollkommen erfüllt, und der seltsame Gang der Ereignisse hatte den Beweis für Dupins eigentümliche Fähigkeiten zur Genüge erbracht. An keinem anderen

Beispiel hätte ich sie so trefflich zeigen können. Jüngste Ereignisse aber, überraschende Enthüllungen, haben mir einige weitere höchst seltsame Dinge offenbart, über die ich nicht schweigend hinweggehen kann.

Nachdem Dupin die Tragödie aufgedeckt, die über dem geheimnisvollen Tod der Frau L'Espanaye und ihrer Tochter lag, widmete er der Angelegenheit keine Aufmerksamkeit mehr und fiel wieder in seine alte träumerische Versunkenheit zurück. Selbst immer zur Einsamkeit geneigt, teilte ich ohne weiteres seine Stimmung. In unsere Zimmer im Faubourg Saint-Germain vergraben, schlugen wir alle Zukunftspläne in den Wind und schlummerten friedlich dahin, die düstere Welt mit Träumen vergoldend.

Diese Träume waren jedoch nicht ganz ungestört. Man kann sich denken, daß die Rolle, die mein Freund in dem Drama der Rue Morgue gespielt, auf die Pariser Polizei nicht wenig Eindruck gemacht hatte. Bei ihren Beamten wurde der Name Dupins viel genannt. Da die einfachen Rückschlüsse, mit Hilfe deren er das Geheimnis entwirrt hatte, nicht einmal dem Präfekten, sondern einzig nur mir bekannt waren, ist es weiter nicht erstaunlich, daß man die Sache für ein Wunder und des Chevaliers analytische Fähigkeiten für eine Art Sehergabe nahm. Seine Offenheit würde ihn veranlaßt haben, ein solches Vorurteil zu zerstreuen; dazu kam es aber nicht, weil seine Indolenz ihm gegenüber das Berühren eines Themas verbot, das für ihn selbst alles Interesse verloren hatte. So kam es, daß die Augen der Polizei bewundernd an ihm hingen und man in nicht wenigen Fällen versuchte, seine Dienste für die Präfektur in Anspruch zu nehmen. Einer der bemerkenswertesten Fälle war der der Ermordung eines jungen Mädchens namens Marie Rogêt.

Dieser Mord ereignete sich ungefähr zwei Jahre nach den Greueltaten in der Rue Morgue. Marie, deren Tauf- und Familienname durch seine Ähnlichkeit mit jenem der unglücklichen „Zigarrenverkäuferin“ sofort auffällt, war die einzige Tochter der Witwe Estelle Rogêt. Der Vater war gestorben, als Marie noch ein Kind gewesen, und seit seinem Tode bis achtzehn Monate vor der Mordtat, die den Gegenstand unserer Erzählung bildet, hatten Mutter und Tochter gemeinsam in der Rue Pavée Sainte Andrée gewohnt, wo die Mutter unter Mithilfe ihrer Tochter eine Pension leitete. So lebten sie dahin, bis das junge Mädchen zweiundzwanzig Jahre zählte; da erregte ihre große Schönheit die Aufmerksamkeit eines Parfümeurs, der im Erdgeschoß des Palais Royal einen Laden hatte und dessen Kundschaft in der Hauptsache von den verzweifelten Abenteurern gebildet wurde, die die Nachbarschaft unsicher machten. Herr Le Blanc war sich über den Vorteil klar, der seinem Parfümeriegeschäft durch Anwesenheit der schönen Marie erwachsen würde, und seine glänzenden Angebote wurden von dem Mädchen gern, von der Mutter nach einigem Zögern angenommen.

Die Erwartungen des Kaufmanns erfüllten sich, und die Reize der anmutigen „Grisette“ machten seinen Laden bald bekannt. Sie stand ein Jahr in seinen Diensten, als ihre Verehrer durch ihr plötzliches Verschwinden in Verwirrung gesetzt wurden. Herr Le Blanc wußte für ihr Fernbleiben keine Erklärung zu geben, und Frau Rogêt war in verzweifelter Angst und Aufregung. Die Zeitungen nahmen die Sache auf, und die Polizei wollte gerade ernstliche Nachforschungen anstellen, als Marie eines schönen

Morgens nach Verlauf einer Woche gesund, wenn auch mit etwas trüber Miene, wieder hinter dem Ladentisch erschien. Selbstredend wurde alles Forschen und Fragen sofort unterdrückt. Herr Le Blanc behauptete wie vorher, nichts zu wissen. Marie und ihre Mutter erwiderten auf alle Fragen, das junge Mädchen habe die letzte Woche bei Verwandten auf dem Land zugebracht. Man beruhigte sich also, und die Sache wurde bald vergessen, um so mehr, als das Mädchen, augenscheinlich um sich der dreisten Neugier zu entziehen, seine Stellung aufgab und sich in den Schutz der mütterlichen Behausung, Rue Pavée Sainte Andrée, zurückzog.

Es war etwa fünf Monate nach dieser Rückkehr, als ihre Freunde zum zweitenmal durch ihr plötzliches Verschwinden beunruhigt wurden. Drei Tage gingen hin, und man hörte nichts von ihr. Am vierten fand man ihren Leichnam in der Seine, und zwar in einer Gegend, die dem Viertel der Rue Sainte Andrée nahezu entgegengesetzt und nicht sehr weit von der Barrière du Roule lag.

Die Gräßlichkeit dieses Mordes – denn es war klar, daß ein Mord geschehen war –, die Jugend und Schönheit des Opfers und vor allem des Mädchens allgemeine Beliebtheit riefen bei den leicht erregbaren Gemütern der Pariser große Aufregung hervor. Ich kann mich keines ähnlichen Ereignisses erinnern, das einen so allgemeinen und so tiefen Eindruck gemacht hätte. Wochenlang vergaß man im Gespräch über diesen Fall die wichtigsten politischen Tagesereignisse. Der Präfekt machte ungewöhnliche Anstrengungen, und die gesamte Pariser Polizei spannte ihre Kräfte aufs äußerste an.

Zuerst, als man die Leiche entdeckte, nahm man an, der Mörder werde sich höchstens ganz kurze Zeit vor den sofort in Angriff genommenen Nachstellungen verborgen halten können. Erst nach Ablauf einer Woche hielt man es für nötig, eine Belohnung auszusetzen, und selbst da meinte man, mit tausend Franken genug getan zu haben. Inzwischen wurden die Nachforschungen mit Eifer, wenn auch nicht immer mit Verstand fortgesetzt, und zahlreiche Personen wurden zwecklos verhaftet; da aber nach wie vor jeder Schlüssel zu dem Geheimnis fehlte, wuchs die allgemeine Aufregung aufs höchste. Nach zehn Tagen hielt man es für ratsam, die ursprünglich festgesetzte Summe zu verdoppeln, und schließlich, als die zweite Woche verstrichen war, ohne irgendwelche Anhaltspunkte zu liefern, und das Vorurteil, das in Paris gegen die Polizei nun einmal herrscht, sich in mehreren ernsthaften Angriffen Luft gemacht hatte, nahm es der Präfekt auf sich, die Summe von zwanzigtausend Franken auszusetzen „für Überführung des Mörders“ oder, falls es sich erweisen sollte, daß mehr als einer beteiligt gewesen, „für Überführung irgendeines der Mörder“. In der Proklamation, die diese Belohnung verkündete, wurde jedem, der seinen Mitschuldigen nannte, völlige Straffreiheit zugesichert, und dieser Proklamation war ein privater Aufruf einiger Bürger angefügt, die sich zusammengetan hatten, um der von der Präfektur ausgesetzten Summe aus eigenen Mitteln zehntausend Franken hinzuzufügen. Die gesamte Belohnung belief sich also auf nicht weniger als dreißigtausend Franken, ein ganz ungewöhnlich hoher Betrag in Anbetracht der niedrigen sozialen Stellung des Mädchens und der Häufigkeit solcher Mordtaten in der Großstadt.

Niemand bezweifelte mehr, daß sich nun schnell das Dunkel über dem geheimnisvollen Mord lichten werde. Doch obgleich ein oder zwei Verhaftungen vorgenommen wurden, von denen man sich Aufklärung versprach, ergab sich nichts, was die Verdächtigungen gegen die Betreffenden gerechtfertigt hätte, und man mußte sie wieder entlassen. So seltsam es auch scheinen mag, so war doch schon die dritte Woche nach Auffindung der Leiche hingegangen – und hingegangen, ohne in das Dunkel der Sache Licht zu bringen –, ehe auch nur ein Gerücht über diese, die öffentliche Meinung so aufregenden Ereignisse Dupin und mir zu Ohren kam. In Forschungen vertieft, die unsere ganze Aufmerksamkeit erforderten, war es fast ein Monat, seit einer von uns zuletzt ausgegangen war oder Besucher empfangen oder mehr als einen flüchtigen Blick auf den politischen Leitartikel der führenden Tageszeitung geworfen hatte. G. selbst war es, der uns die erste Mitteilung von dem Mord machte. Er besuchte uns am 13. Juli 18.. . früh am Nachmittag und blieb bis tief in die Nacht. Er war über das Fehlschlagen aller seiner Bemühungen, die Mordbuben ausfindig zu machen, sehr gereizt. Sein Ruf – so sagte er mit der Selbstgefälligkeit des Parisers – stehe auf dem Spiel. Selbst seine Ehre sei gefährdet. Die Augen der Menge seien auf ihn gerichtet und es gäbe kein Opfer, das er nicht für die Aufdeckung des Geheimnisses bereitwillig brächte. Er schloß seine etwas konfuse Rede mit einem Kompliment für etwas, was er Dupins „Taktgefühl“ zu nennen beliebte, und machte ein direktes Angebot – ein glänzendes Angebot, das näher darzutun ich mich nicht berufen fühle, das aber auch für den eigentlichen Gegenstand meiner Erzählung von keiner Bedeutung ist.

Das Kompliment wies mein Freund zurück, so gut er konnte, das Angebot aber nahm er ohne weiteres an, trotzdem dasselbe lediglich in der Zuerkennung einer Provision bestand. Dies erledigt, erging sich der Präfekt sogleich in Darlegung seiner eigenen Ansichten, sie mit langen Kommentaren über die tatsächlichen Geschehnisse würzend. Über diese letzteren waren wir noch immer nicht aufgeklärt. Er redete viel und keineswegs unerfahren, während ich hier und da eine Vermutung, einen Rat einwarf und die Nacht langsam hinschlich. Dupin, der behaglich in seinem gewohnten Lehnstuhl saß, schien die verkörperte Aufmerksamkeit. Er hatte die ganze Zeit seine Brille auf, und ein gelegentlicher Blick hinter ihre grünen Gläser genügte, mich zu überzeugen, daß er während der ganzen sieben oder acht bleiernen Stunden, die der Präfekt noch bei uns weilte, tief und friedlich schlief.

Am Morgen beschaffte ich von der Präfektur einen genauen Bericht der Beweisaufnahme und aus den verschiedenen Zeitungsverlagen ein Exemplar jeder einzelnen Nummer, in der irgendwelche Angaben in dieser traurigen Angelegenheit veröffentlicht worden waren. Unter Weglassung alles dessen, was sich als positiv falsch erwies, lauteten die Angaben wie folgt:

Marie Rogêt verließ die Wohnung ihrer Mutter in der Rue Pavée Sainte Andrée am Sonntag, dem 22. Juni 18.. , gegen 9 Uhr morgens. Beim Fortgehen machte sie einem Herrn Jacques St. Eustache – und diesem allein – Mitteilung von ihrer Absicht, den Tag bei einer Tante in der Rue des Drômes zu verbringen. Die Rue des Drômes ist eine kurze und schmale, doch sehr belebte Straße, nicht allzu weit vom Fluß und auf dem nächsten Weg etwa zwei Meilen von der Pension Frau Rogêts entfernt. St. Eustache war der anerkannte Bewerber Maries und wohnte und speiste in der Pension. Er sollte seine Verlobte bei Dunkelwerden abholen und heimbegleiten. Am Nachmittag jedoch begann es stark zu regnen, und in der Voraussetzung, sie werde, wie das bei ähnlichen Gelegenheiten bereits geschehen, die Nacht bei der Tante verbleiben, hielt er es nicht für nötig, sein Versprechen zu halten. Als die Nacht kam, äußerte Frau Rogêt – eine kränkliche alte Dame von siebzig Jahren –, sie fürchte, „Marie nie wieder zu sehen"; diese Bemerkung fand aber damals wenig Beachtung.

Am Montag wurde festgestellt, daß das Mädchen nicht in der Rue des Drômes gewesen war. Und als der Tag verging, ohne daß man von ihr hörte, nahm man an verschiedenen Punkten der Stadt und ihrer Umgebung eine verspätete Streife vor. Doch erst am vierten Tage ihres Verschwindens ließ sich Bestimmtes feststellen. An diesem Tage (Mittwoch, den fünfundzwanzigsten Juni) wurde ein Herr Beauvais, der gemeinsam mit einem Freund in der Nähe der

Barrière du Roule Nachforschungen anstellte, davon benachrichtigt, daß zwei Fischer soeben einen Leichnam aus dem Wasser gezogen hätten. Bei Besichtigung der Leiche erkannte Beauvais nach einigem Zögern in ihr das gesuchte Ladenmädchen. Sein Freund erkannte sie mit Bestimmtheit. Das Gesicht war ganz mit geronnenem Blut bedeckt; auch aus dem Mund floß Blut. Der bei Ertrunkenen übliche Schaum fehlte. Das Zellengewebe zeigte normale Färbung. Am Hals waren Quetschwunden und Fingerabdrücke. Die Arme waren über der Brust gekreuzt und steif, die rechte Hand geballt, die linke halb offen. Am linken Handgelenk zeigten sich rundum Hautabschürfungen wie von Stricken; auch das rechte Handgelenk war arg zerschunden, ebenso der ganze Rücken, besonders aber die Schulterblätter. Um die Leiche an Land zu ziehen, hatten die Fischer ein Seil daran befestigt, doch hatte dies keine der Hautabschürfungen verursacht. Der Hals war stark geschwollen. Schnittwunden waren nicht sichtbar, auch keine blutunterlaufenen Stellen, die etwa auf Schläge mit einem stumpfen Instrument hingedeutet hätten. Ein Spitzenstreifen war so fest um den

Hals geschlungen, daß er zunächst nicht sichtbar war; er war tief im Fleisch vergraben und mit einem Knoten geschlossen, der gerade unter dem linken Ohr lag. Der Streifen allein hätte genügt, den Tod herbeizuführen. Das ärztliche Gutachten sprach der Verstorbenen einen tugendhaften Lebenswandel zu. Sie sei, so hieß es, brutaler Gewalt unterlegen. Als die Leiche gefunden wurde, war ihr Zustand noch derartig, daß sie unschwer von Bekannten identifiziert werden konnte.

Die Bekleidung war sehr beschädigt und zerrissen. Aus dem Oberkleid war ein Streifen von etwa einem Fuß Breite vom unteren Saum bis zur Taille auf-, aber nicht abgerissen. Er war dreimal um die Hüften geschlungen und im Rücken zu einer Art Henkel verknotet. Auch aus dem Unterkleid aus feinem Musselin war ein achtzehn Zoll breiter Streifen herausgerissen – und zwar fadengerade und sorgsam. Er lag lose um ihren Hals und war mit festem Knoten geschlossen. Über dem Musselinstreifen und dem Spitzenstreifen lagen die zusammengeknüpften Bänder einer Haube, die lose daran hing. Der Knoten, mit dem die Haubenbänder geschlossen waren, war ein regelrechter Seemannsknoten.

Nach Rekognoszierung der Leiche wurde diese nicht, wie sonst üblich, nach der Morgue verbracht, sondern, da diese Formalität diesmal überflüssig, schleunigst beerdigt – nicht weit von der Stelle, wo sie gelandet worden war. Durch die Bemühungen Beauvais' gelang es, die Sache vorläufig nicht bekanntwerden zu lassen, und mehrere Tage vergingen, ehe sie von der Öffentlichkeit aufgenommen wurde. Ein Wochenblatt griff dann aber doch den Fall auf, dies Leiche wurde wieder ausgegraben und einer nochmaligen Untersuchung unterzogen. Neues ergab sich dadurch aber nicht. Die Kleidungsstücke wurden nun jedoch der Mutter und den Bekannten der Verstorbenen vorgelegt und von diesen als jene bezeichnet, die sie bei ihrem Fortgehen von Hause getragen.

Inzwischen wuchs die Aufregung von Stunde zu Stunde. Mehrere Personen wurden festgenommen und wieder freigegeben. Besonders auf St. Eustache fiel der Verdacht, und er vermochte zunächst nicht, eine zufriedenstellende Erklärung über sein Tun und Lassen während des fraglichen Sonntags abzugeben. Später jedoch gab er Herrn G. eidlich Rechenschaft von jeder Stunde des Tages. Als die Zeit verging, ohne daß man irgend etwas entdeckte, zirkulierten wohl tausend einander widersprechende Gerüchte, und die Journalisten gaben die verschiedensten Mutmaßungen zum besten. Am meisten Aufsehen erregte eine davon, die dem Gedanken Raum gab, daß Marie Rogêt noch am Leben und die in der Seine gefundene Leiche diejenige einer andern Unglücklichen sei. Ich halte es für nötig, dem Leser einige Stellen, die ebendiese Vermutung dartun, zu übermitteln. Die betreffenden Stellen sind eine wörtliche Übersetzung aus dem „Etoile", einem Blatt, das sehr geschickt geleitet wird.

„Fräulein Marie Rogêt verließ das Haus ihrer Mutter am 22. Juni 18.. , einem Sonntagmorgen, mit der ausgesprochenen Absicht, ihre Tante oder sonstige Bekannte in der Rue des Drômes aufzusuchen. Von dieser Stunde an hat sie erwiesenermaßen keiner mehr gesehen. Keine Spur war mehr von ihr zu finden, keine Nachricht zu erlangen . . . Niemand hat sich bis jetzt gemeldet, der sie an jenem Tag, da sie von Hause fortgegangen, gesehen hätte . . . Wenn es also auch nicht erwiesen ist, daß Marie Rogêt am Sonntag, dem 22. Juni, morgens nach neun Uhr noch unter den Lebenden weilte, so haben wir doch Beweise dafür, daß sie bis zu dieser Stunde noch lebte. Am Mittwochmittag entdeckte man in der Gegend der Barrière du Roule eine auf dem Wasser treibende Frauenleiche. Das waren also, selbst wenn wir voraussetzen, daß Marie Rogêt innerhalb drei Stunden nach Verlassen der mütterlichen Wohnung ins Wasser geworfen worden wäre, nur drei Tage, seit sie von Hause fortgegangen – genau drei Tage! Es ist aber Torheit, anzunehmen, daß der Mord – falls hier ein Mord vorliegt – früh genug ausgeführt werden konnte, um den Mördern zu ermöglichen, die Leiche vor Mitternacht in den Fluß zu werfen. Wer sich so scheußlicher Verbrechen schuldig macht, wählt die Nacht und nicht den Tag zu seiner Tat ... Wir sehen also, daß die gefundene Leiche, wenn sie diejenige der Marie Rogêt gewesen sein sollte, nur zwei und einen halben Tag, im Höchstfall drei Tage im Wasser gewesen sein kann. Die Erfahrung zeigt aber, daß Leichen Ertrunkener oder sofort nach dem Tod gewaltsam ins Wasser Geworfener sechs bis zehn Tage brauchen, ehe die Zersetzung eingetreten ist, die sie an die Oberfläche bringt. Selbst wenn man über einer unter Wasser ruhenden

Leiche eine Kanone abfeuert und so das Steigen der ersteren vor dem fünften oder sechsten Tag veranlaßt, sinkt dieselbe wieder unter, sowie die Erschütterung vorbei ist. Wir fragen nun: weshalb sollte in diesem Fall ein Abweichen von der natürlichen Regel stattgefunden haben? ... Hätte die Leiche in ihrem verstümmelten Zustand bis Dienstag nacht an Land gelegen, so hätte man Spuren von den Mördern finden müssen; auch ist es höchst zweifelhaft, ob der Körper, selbst wenn er erst zwei Tage nach eingetretenem Tode ins Wasser geworfen worden wäre, so bald schon an der Oberfläche treiben kann. Und fernerhin ist es äußerst unwahrscheinlich, daß Kerle, die einen solchen Mord begangen, den Leichnam ins Wasser geworfen haben sollten, ohne ihn durch einen Ballast zum Sinken zu bringen, wo solche Vorsichtsmaßregel doch so leicht getroffen werden kann."

Der Schreiber fährt nun fort, darzutun, daß der Körper „nicht drei, sondern mindestens fünfmal drei Tage" im Wasser gelegen haben muß, weil er so stark verwest war, daß Beauvais ihn nur mit Mühe identifizieren konnte.

Dieser letzte Punkt wurde übrigens später völlig widerlegt. Ich fahre in der Übersetzung fort:

„Worin bestehen nun die Tatsachen, auf Grund deren Herr Beauvais aussagt, die Leiche sei die der Marie Rogêt? Er riß den Kleiderärmel auf und sagt, er fand Zeichen, die ihn von der Identität überzeugten. Man hat allgemein angenommen, diese Zeichen hätten in irgendwelchen Narben oder Flecken bestanden. Er hatte den Arm gerieben und ihn *behaart* gefunden! Etwas Unbestimmteres läßt sich gar nicht denken – es ist dasselbe, wie wenn man in einem Ärmel einen Arm findet. Herr Beauvais kehrte in jener Nacht nicht zurück, sondern sandte Frau Rogêt am Mittwochabend um sieben Uhr Nachricht, daß die Untersuchungen noch im Gang seien. Wenn wir zugeben, daß Frau Rogêt, von Alter und Gram gebeugt, unfähig war, der Untersuchung beizuwohnen, so müßte doch immerhin irgend jemand es für wert gehalten haben, sich hinzubegeben, wenn man der Meinung war, die Leiche könne die des jungen Mädchens sein. Doch niemand tat das. Man war so verschwiegen, daß nicht einmal die Mitbewohner des Hauses in der Rue Pavée Sainte Andrée etwas von der Sache erfuhren. Herr St. Eustache, der Liebhaber und künftige Gatte Maries, der im Hause ihrer Mutter wohnte, gibt an, er habe von der Auffindung der Leiche seiner Zukünftigen erst am folgenden Morgen gehört, als Herr Beauvais bei ihm eintrat und ihm davon berichtete. Wir sind erstaunt, wie kühl die Schreckensbotschaft entgegengenommen wurde."

In dieser Weise versuchte die Zeitung ihre Leser zu überzeugen, daß die Familie Maries den Ereignissen eine Gleichgültigkeit entgegenbringe, die unvereinbar sei mit der Annahme, daß jene die Leiche als die des Mädchens anerkenne. Die Vermutungen des Blattes sind diese: Marie habe mit Wissen ihrer Freunde die Stadt verlassen, aus Gründen, die ihre jungfräuliche Reinheit in Frage stellten, und diese Freunde hätten die Gelegenheit der Auffindung einer Leiche, die mit der Vermißten einige Ähnlichkeit aufweise, benutzt, um die Öffentlichkeit von ihrem Tod zu überzeugen. Doch der „Etoile" war übereifrig gewesen. Es wurde klar erwiesen, daß auf seiten der Familie durchaus keine Gleichgültigkeit herrschte; daß die alte Dame außerordentlich hinfällig und viel zu aufgeregt war, um irgendwelchen Pflichten genügen zu können; daß St. Eustache, weit davon entfernt, die Nachricht kühl aufzunehmen, vor Kummer außer sich war und sich so rasend gebärdete, daß Herr Beauvais einen Freund und Verwandten ersuchte, ihn zu bewachen und zu verhindern, daß er der Wiederausgrabung der Leiche beiwohne. Und obgleich der „Etoile“ behauptete, daß die Leiche nunmehr auf öffentliche Kosten beerdigt wurde – daß ein vorteilhaftes Angebot eines Privat-Begräbnisses von der Familie schroff abgelehnt wurde – und daß kein Familienmitglied der Zeremonie beiwohnte –, obgleich, sage ich, alles dies vom „Etoile“ zur Bekräftigung der von ihm aufgestellten Ansicht behauptet wurde –, so wurde doch alles genügend widerlegt. In einer späteren Nummer machte das Blatt den Versuch, Beauvais selbst zu verdächtigen. Es hieß da:

„Die Sachlage ändert sich nun. Wir erfahren, daß Herr Beauvais eines Tages zu einer sich damals im Hause Rogêt aufhaltenden Frau B. sagte, er beabsichtige auszugehen, es werde vermutlich ein Gendarm kommen, dem sie nichts über die Angelegenheit sagen solle, ehe er zurück sei; sie möge die Sache ihm selbst überlassen ... So wie die Dinge jetzt stehn, scheint es, als habe Herr Beauvais sie in seinem Gehirnkasten hinter Schloß und Riegel gesetzt. Nicht der kleinste Schritt kann ohne Herrn Beauvais geschehen, denn welchen Weg man auch einschlägt – immer stößt man auf ihn ... Aus irgendeinem Grund wünscht er, daß niemand außer ihm mit den Nachforschungen zu tun habe, und er hat nach Angabe der männlichen Verwandten sie alle in höchst sonderbarer Weise beiseite geschoben. Es widerstrebte ihm anscheinend sehr, den Verwandten die Besichtigung der Leiche zu gestatten."

Folgende Tatsache wirft ein wenig Licht auf die Verdächtigung gegen Herrn Beauvais. Einige Tage vor dem Verschwinden des Mädchens hatte ein Herr, der Beauvais in seinem Büro besuchen kam und diesen abwesend fand, im Schlüsselloch eine Rose stecken gesehen und auf einer nahebei hängenden Tafel den Namen „Marie" gelesen.

Die allgemeine Auffassung der Sache – soweit wir sie den Zeitungen entnehmen konnten – schien die zu sein, daß Marie das Opfer einer wüsten Bande geworden sei, die sie über den Fluß geschleppt, mißhandelt und ermordet habe. Der „Commercial" jedoch, ein Blatt von weittragender Bedeutung, suchte ernstlich diese Volksmeinung zu widerlegen. Ich zitiere ein paar Stellen aus seinen Spalten: „Wir sind überzeugt, daß die Verfolgung bisher auf falscher Fährte war, sofern sie die Barrière du Roule im Auge hatte. Es ist ausgeschlossen, daß eine Tausenden bekannte Persönlichkeit wie dieses junge Weib drei Häuserquadrate durchqueren könnte, ohne erkannt zu werden; und wer sie erkannt hätte, würde sich dessen erinnern, denn sie interessierte jeden, der sie kannte. Ihr Fortgang erfolgte zu einer Zeit, da die Straßen voller Menschen waren . . . Es ist unmöglich, daß sie zur Barrière du Roule oder Rue des Drômes gegangen sein sollte, ohne von einem Dutzend Leuten erkannt worden zu sein; dennoch hat sich niemand gemeldet, der sie außerhalb des mütterlichen Hauses gesehen hätte, und was spricht dafür, daß sie es überhaupt verlassen hat – ausgenommen die ausgesprochene Absicht dazu? Ihr Kleid war zerrissen und wie ein Strick um ihren Leib geknotet – offenbar ist die Leiche daran wie ein Bündel getragen worden. Wäre der Mord an der Barrière du Roule begangen worden, so wäre eine solche Maßregel überflüssig gewesen. Die Tatsache, daß die Leiche bei der Barrière im Wasser treibend gefunden wurde, ist kein Beweis dafür, daß sie auch dort ins Wasser geworfen worden . . . Aus dem Unterrock der Unglücklichen war ein zwei Fuß langes und ein Fuß breites Stück herausgerissen und ihr um Kopf und Kinn gebunden, vermutlich um sie am Schreien zu hindern. Das müssen Leute getan haben, die nicht im Besitz von Taschentüchern waren."

Ein oder zwei Tage, ehe der Präfekt uns besuchte, hatte die Polizei eine bedeutsame Nachricht erhalten, die zumindest die vom „Commercial" vertretene Hauptansicht über den Haufen warf. Zwei kleine Knaben, Söhne einer Frau Deluc, drangen bei einer Streife durch die Wälder nahe der Barrière du Roule in ein Dickicht, wo drei oder vier große Steine eine Art Sitz mit Lehne und Fußbank bildeten. Auf dem oberen Stein lag ein weißer Unterrock, auf dem zweiten eine seidene Schärpe. Auch ein Sonnenschirm, Handschuhe und ein Taschentuch wurden hier gefunden. Das Taschentuch trug den Namen „Marie Rogêt". An den benachbarten Brombeerbüschen hingen Kleiderfetzen. Die

Erde war zerstampft, die Zweige waren geknickt, und alles deutete auf einen stattgehabten Kampf. Zwischen Dickicht und Fluß waren die Hecken umgebrochen, und der Boden zeigte, daß hier eine schwere Last entlang geschleppt worden war.

Ein Wochenblatt, der „Soleil“, machte zu dieser Entdeckung folgende Bemerkung – die übrigens ein Echo der gesamten Pariser Presse war:

„Alle diese Dinge haben offenbar mindestens drei bis vier Wochen dort gelegen; sie waren sämtlich vom Regen durchfeuchtet und modrig geworden und klebten zusammen vor Moder. Das eine oder andere war hoch von Gras überwachsen. Die Seide des Sonnenschirms war kräftig, aber so verwittert und modrig, daß sie beim Öffnen des Schirms zerfiel. Die an den Büschen hängenden Kleiderfetzen hatten eine Größe von drei zu sechs Zoll. Ein Fetzen war der Saum des Kleides und war geflickt; ein anderer war aus dem Unterrock, nicht der Saum. Sie glichen abgerissenen Streifen und hingen am Dornbusch, etwa einen Fuß über dem Erdboden . . . Es kann also kein Zweifel sein, daß man die Stelle der empörenden Gewalttat aufgefunden hat.“

Diese Entdeckung brachte neue Tatsachen ans Licht. Frau Deluc sagte aus, daß sie an der Landstraße, nicht weit vom Flußufer, gegenüber der Barrière du Roule, eine Gastwirtschaft betreibe. Die Umgegend ist sehr einsam. Sie ist besonders sonntags der Zufluchtsort schlechter Elemente aus der Stadt, schlimmer Burschen, die in Booten übersetzen. Am fraglichen Sonntag erschien nachmittags gegen drei Uhr ein junges Mädchen im Gasthaus, in Begleitung eines jungen Mannes von dunkler Gesichtsfarbe. Die beiden hielten sich einige Zeit hier auf. Als sie gingen, schlugen sie die Richtung nach den dichten Wäldern der Umgegend ein. Frau Delucs Aufmerksamkeit war durch des Mädchens Kleid gefesselt worden, das dem einer verstorbenen Verwandten ähnlich gewesen war. Besonders der Schärpe erinnerte sie sich. Bald nach Fortgang des Paares erschien eine Rotte „Bösewichter“, gebärdete sich wüst und lärmend, aß und trank, ohne zu bezahlen, folgte dem Weg, den der junge Mann und das Mädchen genommen, kehrte zur Dämmerzeit zum Gasthof zurück und setzte in Eile wieder über den Fluß.

Es war am selben Abend, bald nach Dunkelwerden, als Frau Deluc und ihr ältester Sohn in der Nähe des Gasthofs eine Frauenstimme schreien hörten. Die Schreie waren heftig, doch kurz. Frau D. erkannte nicht nur die Schärpe wieder, die man im Dickicht gefunden, sondern auch das Kleid, das die Leiche getragen. Jetzt bekundete auch ein Omnibuskutscher, Valence, daß er am fraglichen Sonntag Marie Rogêt gesehen habe, wie sie in Begleitung eines jungen Mannes von dunkler Gesichtsfarbe auf einem Fährboot die Seine überquerte. Er, Valence, kannte Marie und konnte über ihre Identität nicht im Zweifel sein. Die im Dickicht gefundenen Gegenstände wurden alle von den Verwandten Maries wiedererkannt.

Die Ansichten und Tatsachen, die ich auf Dupins Anregung hin aus den Zeitungen gesammelt hatte, enthielten nur noch einen weiteren Punkt – doch dies war ein Punkt von scheinbar weittragender Bedeutung. Es ergab sich, daß kurz nach Auffindung der oben beschriebenen

Kleidungsstücke der leblose – oder nahezu leblose – Körper St. Eustaches, des Verlobten Maries, in der Nähe des Ortes gefunden wurde, den alle jetzt für den Mordplatz hielten. Ein Fläschchen mit der Aufschrift „Laudanum" lag leer neben ihm. Sein Atem roch nach Gift. Er starb, ohne gesprochen zu haben. Man fand einen Brief bei ihm, der kurz besagte, daß er Marie liebe und in den Tod gehen wolle.

„Ich brauche Ihnen wohl nicht zu sagen", bemerkte Dupin, nachdem er meine Notizensammlung überflogen hatte, „daß dieser Fall weit verwickelter ist als jener aus der Rue Morgue, von dem er besonders in einem Punkt abweicht. Dies hier ist trotz seiner Scheußlichkeit ein gewöhnliches Verbrechen. Es hat nichts Absonderliches, nichts Unerklärliches. Aus diesem Grunde hat man die Lösung des Geheimnisses für leicht gehalten – die aber aus ebendiesem Grunde besonders schwierig ist. Man hielt es also zunächst für überflüssig, eine Belohnung auszusetzen. G.s Häscher wußten unschwer zu begreifen, wie und warum solche Scheußlichkeit begangen worden sein mochte. Sie hatten Erfindungskraft genug, um sich mannigfache Art und Weisen und mannigfache Gründe auszumalen; und weil es nicht unmöglich war, daß eine dieser zahlreichen Vermutungen den Tatsachen entspräche, nahmen sie das einfach für gewiß an. Doch die Leichtigkeit, mit der man zu allen diesen Möglichkeiten kam, und die Wahrscheinlichkeit, die jede für sich hatte, hätten als bezeichnend für die Schwierigkeit, nicht für die Leichtigkeit der Lösung erachtet werden müssen. Ich sagte vorhin, daß gerade die Absonderlichkeiten es sind, die der Vernunft auf ihrer Suche nach der Wahrheit die beste Handhabe bieten, und daß in Fällen wie diesem hier die Frage nicht sein sollte: Was ist geschehen?, sondern vielmehr: Was ist geschehen, das noch nie vorher geschehen ist? Bei den Nachforschungen im Hause der Frau L'Espanaye waren die Beamten G.s entmutigt und verzweifelt wegen eben der Ungewöhnlichkeit des Ereignisses, die einem gut geschulten Intellekt gerade das sicherste Zeichen zum Erfolg geboten hätte. Derselbe Intellekt könnte aber durch den gewöhnlichen Verlauf dieser anderen Mordsache, die den Polizeibeamten so leichten Triumph vorgaukelt, in Verzweiflung gestürzt werden.

In der Angelegenheit der Frau L'Espanaye und ihrer Tochter gab es schon bei Beginn unserer Untersuchungen keinen Zweifel, daß ein Mord stattgefunden hatte. Der Gedanke an Selbstmord war von Anfang an ausgeschlossen. Auch hier können wir diese Vermutung sofort zurückweisen. Der an der Barrière du Roule gelandete Leichnam wurde unter Umständen gefunden, die uns in diesem wichtigen Punkt alle Zweifel nehmen. Es ist aber die Annahme aufgetaucht, die aufgefundene Leiche sei gar nicht jene der Marie Rogêt – und nur für Überführung ihres Mörders oder ihrer Mörder ist die Belohnung ausgesetzt, und nur auf sie bezieht sich unsere Abmachung mit dem Präfekten. Wir beide kennen den Herrn gut. Man darf ihm nicht allzusehr trauen. Wenn wir bei unseren Nachforschungen von der gefundenen Leiche ausgehen und dann einen Mörder aufstellen, so geschähe es vielleicht doch, daß man die Leiche gar nicht als jene der Marie ansieht; gehen wir aber von der lebenden Marie aus, so haben wir wohl sie, finden sie aber nicht ermordet – in beiden Fällen tun wir nutzlose Arbeit, da wir es mit Herrn G. zu tun haben. Also schon um unsertwillen, wenn nicht um des Rechtes willen, ist es durchaus notwendig, daß unser erster Schritt sein muß, die Identität der Leiche mit der vermißten Marie Rogêt festzustellen.

Im Publikum haben die Beweisführungen des „Etoile“ Gewicht gehabt; und daß die Zeitung selbst von ihrer Bedeutung durchdrungen ist, geht aus der Art hervor, wie sie einen ihrer Aufsätze über dieses Thema einleitet: „Mehrere Tagesblätter“, sagte sie, sprechen von dem entscheidenden Artikel in unserer Montagsnummer.“ Mir scheint der Artikel nur für den Eifer seines Verfassers entscheidend zu sein. Wir müssen im Auge behalten, daß die Aufgabe unserer Zeitungen im allgemeinen mehr darin besteht, Sensation zu erwecken – Fragen aufzuwerfen, als die Sache der Wahrheit zu fördern. Dieser Zweck wird nur dann verfolgt, wenn er mit dem ersteren zusammenfällt. Das Blatt, das einfach die allgemeine Ansicht teilt, erntet – so wohlbegründet diese Ansicht auch sein mag – keinen Glauben beim Volk. Die Menge sieht nur den als weise an, der die *schärfsten Widersprüche* mit der allgemeinen Ansicht aufstellt. In der Schlußfolgerung wie in der Literatur ist es das Epigramm, das am schnellsten und am meisten geschätzt wird, obschon es am wenigsten wirklichen Wert hat.

Was ich sagen will, ist, daß lediglich diese Mischung von Sensationellem und Melodramatischem und nicht etwa irgendwelche Wahrscheinlichkeitsgründe maßgebend waren, daß der „Etoile“ die Behauptung, Marie Rogêt sei noch am Leben, aufstellte, und was ihm den Erfolg beim Publikum sicherte. Prüfen wir die Punkte, von denen aus das Blatt seine Beweisführung antritt, indem wir die üblichen falschen Beweisfolgerungen aufdecken.

Das Bestreben des Schreibers geht zunächst dahin, an der geringen Zeit zwischen Maries Verschwinden und der Auffindung der Leiche zu zeigen, daß diese Leiche nicht jene der Marie sein kann. Dem Dialektiker wird es somit Zweck, den Zeitraum soviel als möglich zu verkürzen. In eiliger Verfolgung dieses Ziels setzt er an den Beginn seiner Argumentierung weiter nichts als eine Hypothese. „Es ist Torheit anzunehmen“, sagt er, „daß der Mord – falls hier ein Mord vorliegt – früh genug ausgeführt werden konnte, um es den Mördern zu ermöglichen, die Leiche vor Mitternacht in den Fluß zu werfen.“ Wir fragen sofort und selbstverständlich *warum?* Warum ist es Torheit, anzunehmen, daß der Mord fünf Minuten nach Verlassen des mütterlichen Hauses erfolgte? Warum ist es Torheit, anzunehmen, daß der Mord zu irgendeiner Tageszeit ausgeführt wurde? Es hat zu allen Stunden Ermordungen gegeben. Aber hätte der Mord am Sonntag zu irgendeiner Zeit zwischen neun Uhr früh und fünfzehn Minuten vor Mitternacht stattgefunden, so wäre immer noch Zeit genug gewesen, die Leiche vor Mitternacht in den Fluß zu werfen. Jene Voraussetzung kommt also zu der Schlußfolgerung, daß der Mord am Sonntag überhaupt nicht begangen worden sei; und wenn wir dem „Etoile“ eine derartige Annahme gestatten, so können wir ihm ebensogut alle erdenklichen andern Willkürlichkeiten gestatten. Die mißglückte Äußerung, die im „Etoile“ mit den Worten beginnt: „Es ist Torheit, anzunehmen, daß . . .“, könnte aber im Hirn ihres Verfassers so gelautet haben: „Es ist Torheit, anzunehmen, daß der Mord – falls die Person ermordet worden ist – früh genug ausgeführt werden konnte, um es den Mördern zu ermöglichen, die Leiche vor Mitternacht in den Fluß zu werfen." Es ist Torheit, sage ich, dies anzunehmen und gleichzeitig anzunehmen (wozu wir aber entschlossen sind), daß die Leiche *nicht* früher als *nach* Mitternacht hineingeworfen worden – eine an sich höchst inkonsequente Behauptung, aber immerhin nicht so widersinnig wie die abgedruckte.

Wäre es meine Absicht", fuhr Dupin fort, „lediglich die Unhaltbarkeit dieses vom „Etoile" aufgestellten Satzes nachzuweisen, so lohnte es sich wohl kaum der Mühe. Es ist aber nicht der „Etoile", womit wir es zu tun haben, sondern die Wahrheit. Der fragliche Satz hat, so wie er dasteht, nur einen Sinn, und diesen Sinn habe ich festgestellt. Es ist jedoch nötig, daß wir hinter die Worte blicken, die die Aufgabe hatten, einen Gedanken zu vermitteln. Die Absicht des Journalisten ging dahin zu sagen, daß es unwahrscheinlich sei, daß die Mörder gewagt haben sollten, die Leiche vor Mitternacht in den Fluß zu werfen – zu welcher Tages- oder Nachtzeit am Sonntag der Mord auch begangen sein sollte. Und hierin liegt die Annahme, die ich verwerfe: Es wird angenommen, daß die Mordtat an solchem Ort und unter solchen Umständen geschah, daß es nötig wurde, die Leiche zum Fluß *zu schleppen*. Nun könnte der Mord z. B. am Flußufer oder auf dem Fluß selbst stattgefunden haben, und so könnte das Inswasserwerfen der Leiche zu jeder Tages- oder Nachtzeit sich als die naheliegendste und selbstverständlichste Art zu ihrer Entledigung erwiesen haben. Sie werden verstehen, daß ich hier nichts als wahrscheinlich aufstelle oder etwa als meiner eigenen Ansicht entsprechend. Meine Ansicht hat bis jetzt mit den *Tatsachen* des Falles nichts zu tun. Ich will Sie nur vor dem ganzen Ton der vom „Etoile" ausgesprochenen *Vermutung* warnen, indem ich Ihre Aufmerksamkeit darauf hinlenke, von wie falschen Voraussetzungen das Blatt ausgeht.

Nachdem die Zeitung diese ihrer vorgefaßten Meinung entsprechende Grenze gezogen und zu dem Schluß gekommen, daß die Leiche Maries – falls es ihre Leiche sei – nur ganz kurze Zeit im Wasser gelegen haben könne, fährt sie fort:

„Die Erfahrung zeigt aber, daß Leichen Ertrunkener oder sofort nach dem Tod gewaltsam ins Wasser Geworfener sechs bis zehn Tage brauchen, ehe die Zersetzung eingetreten ist, die sie an die Oberfläche bringt. Selbst wenn man über einer unter Wasser ruhenden Leiche eine Kanone abfeuert und so das Steigen der ersteren vor dem fünften oder sechsten Tag veranlaßt, sinkt dieselbe wieder unter, sowie die Erschütterung vorbei ist.“

Diese Versicherungen sind von allen Pariser Blättern stillschweigend hingenommen worden, mit Ausnahme des „Moniteur“. Letztere Zeitung versucht lediglich die Äußerung über die Leichen Ertrunkener zu bekämpfen, und zwar indem sie fünf oder sechs Fälle zitiert, in denen Ertrunkene schon nach kürzerer Zeit an der Wasseroberfläche gesehen wurden, als der „Etoile“ für möglich hält. Aber der „Moniteur“ geht in seinem Bemühen, die allgemeine Annahme des „Etoile“ durch Zitierung einzelner abweichender Fälle zu widerlegen, sehr unphilosophisch vor. Hätte man auch fünfzig statt fünf Beispiele von bereits nach zwei bis drei Tagen wieder emporgetauchten Leichen anführen können, so hätten selbst diese fünfzig Beispiele nur als Ausnahme von der vom „Etoile“ aufgestellten Regel betrachtet werden müssen – so lange, bis die Regel selbst widerlegt wäre. Gibt man die Regel zu (der „Moniteur“ weist sie nicht zurück, sondern besteht nur auf seinen Ausnahmen), so behält die Beweisführung des „Etoile“ ihre volle Kraft, denn sie will ja nichts weiter, als die Wahrscheinlichkeit in Frage stellen, daß die Leiche nach weniger als drei Tagen an die Oberfläche gelangt sei; und diese Wahrscheinlichkeit bleibt so lange bestehen, bis die angeführten Beispiele eine genügende Zahl aufweisen, um eine entgegengesetzte Regel zu ergeben.

Sie sehen sofort, daß jede Beweisführung hier nur gegen die Regel selber vorzugehen hätte; und aus diesem Grunde müssen wir die *Begründung* der Regel nachprüfen. Nun ist der menschliche Körper im allgemeinen weder viel leichter noch viel schwerer als das Wasser der Seine; ich meine: das spezifische Gewicht des menschlichen Körpers entspricht für gewöhnlich der Menge des von diesem verdrängten Süßwassers. Die Körper fetter und fleischiger Menschen mit dünnen Knochen, besonders also von Frauen, sind leichter als solche von Mageren und Grobknochigen und von Männern; und das spezifische Gewicht des Flußwassers wird etwas von Ebbe und Flut beeinflußt. Sehen wir aber von dieser unbedeutenden Tatsache ab, so kann man sagen, daß höchst selten ein menschlicher Körper, selbst im Süßwasser, *aus eigenem Antrieb* untergeht. Fast jeder, der ins Wasser fällt, kann sich an der Oberfläche halten, wenn er das spezifische Gewicht des Wassers mit seinem eigenen ins Gleichgewicht zu bringen weiß – das heißt, wenn er seinen ganzen Körper so weit als irgend möglich unter Wasser bringt. Die richtige Stellung für einen, der nicht schwimmen kann, ist die aufrechte Haltung, mit zurückgelegtem und so weit untergetauchtem Kopf, daß nur Mund und Nüstern aus dem Wasser ragen. In dieser Lage treiben wir mühelos an der Oberfläche dahin. Es ist jedoch Tatsache, daß das Gewicht unseres Körpers und das der verdrängten Wassermenge einander so gleich sind, daß eine Kleinigkeit das eine oder andere überwiegen läßt. So bedeutet z. B. ein aus dem Wasser erhobener Arm eine genügende Gewichtszunahme, um den ganzen Kopf unter Wasser zu drücken, wohingegen der zufällige Beistand des kleinsten Treibholzes es uns ermöglichen würde, den Kopf so weit zu erheben, um Umschau halten zu können. Nun wird ein Nichtschwimmer in seiner Angst unfehlbar die Arme emporwerfen und den Versuch machen, den Kopf in seiner üblichen senkrechten Lage zu erhalten. Die Folge ist, daß Mund und Nase unter Wasser kommen und daß dann durch das Atmen Wasser in die Lungen eindringt. Vieles gelangt auch in den Magen, und der ganze Körper wird um das Gewicht des eingedrungenen Wassers schwerer, abzüglich des Gewichts der verdrängten Luft, die vorher die Höhlungen ausfüllte. Diese Differenz genügt in der Regel, den Körper zum Sinken zu bringen, ist aber ungenügend in Fällen, wo es sich um Leute mit feinen Knochen und ungewöhnlicher Fleisch- und Fettmasse handelt. Solche Leute treiben selbst nach dem Ertrinken an der Oberfläche.

Der auf den Grund des Flusses hinabgesunkene Körper wird so lange dort bleiben, bis aus irgendwelchen Ursachen sein spezifisches Gewicht geringer wird als die von ihm verdrängte Wassermenge. Diese Wirkung wird durch Zersetzung oder sonstige Ursachen erzielt. Die Folge der Zersetzung ist die Entstehung von Gas, das das Zellengewebe erweitert, alle Höhlungen auftreibt und die Leichen fürchterlich aufbläht. Ist diese Ausdehnung so weit fortgeschritten, daß der Umfang des Körpers zugenommen hat, ohne daß doch eine entsprechende Zunahme der Masse und des Gewichts erfolgt wäre, so wird sein spezifisches Gewicht geringer als das des verdrängten Wassers, und er erscheint an der Oberfläche. Die Zersetzung wird aber durch zahllose Umstände beeinflußt, zum Beispiel durch hohe oder niedere Lufttemperatur, durch Mineralgehalt oder Reinheit des Wassers, durch dessen Tiefe oder Untiefe, Strömung oder Stagnation, durch die Körpertemperatur, durch etwaige vor dem Tode vorhanden gewesene Krankheitserscheinungen und so weiter. Dies zeigt klar, daß wir unmöglich mit Genauigkeit die Zeit angeben können, zu der ein Körper infolge Zersetzung an der Oberfläche erscheinen kann. Unter gewissen Umständen könnte diese Wirkung schon nach einer Stunde eintreten, unter anderen überhaupt nicht. Es gibt chemische Einflüsse, welche den Leib für immer vor Zerstörung bewahren; dazu gehört zum Beispiel doppeltchlorsaures Quecksilber. Doch abgesehen von der Zersetzung kann, was häufig vorkommt, im Magen eine Gaserzeugung infolge Gärung vegetabilischer Substanzen (oder in anderen

Höhlungen infolge anderer Vorgänge) stattfinden, die genügt, den Körper so weit auszudehnen, daß er steigt. Die durch das Abfeuern einer Kanone erzielte Wirkung ist einfach eine Vibration. Diese kann entweder den Körper aus dem weichen Schlamm lösen, in den er eingebettet ist, und ihm so das Steigen ermöglichen, wenn andere Einflüsse ihn schon dazu vorbereitet haben, oder die Zähigkeit faulender Teile des Zellengewebes vermindern, so daß die Höhlungen sich nunmehr unter der Einwirkung des Gases auszudehnen vermögen.

Nachdem wir so den ganzen Gegenstand beherrschen, fällt es uns leicht, die Behauptung des „Etoile“ zu beurteilen.

„Die Erfahrung zeigt aber“, sagt dieses Blatt, „daß Leichen Ertrunkener oder sofort nach dem Tode gewaltsam ins Wasser Geworfener sechs bis zehn Tage brauchen, ehe die Zersetzung eingetreten ist, die sie an die Oberfläche bringt. Selbst wenn man über einer unter Wasser ruhenden Leiche eine Kanone abfeuert und so das Steigen der ersteren vor dem fünften oder sechsten Tage veranlaßt, sinkt sie wieder unter, sowie die Erschütterung vorbei ist.“

Dieser ganze Absatz erscheint nun zusammenhanglos und folgewidrig. Die Erfahrung zeigt *nicht,* daß Leichen Ertrunkener sechs bis zehn Tage *brauchen,* bis die Zersetzung so weit gediehen ist, um sie an die Oberfläche zu bringen. Vielmehr zeigen Wissenschaft und Erfahrung, daß der Zeitpunkt ihres Emporsteigens unbestimmt ist und notgedrungen sein muß. Ist überdies eine Leiche infolge eines Kanonenschusses emporgestiegen, so wird sie *nicht* "wieder untersinken, sowie die Erschütterung vorbei ist", nicht eher vielmehr, als bis die Zersetzung so weit fortgeschritten ist, daß das entstandene Gas entweichen kann. Doch ich möchte Ihre Aufmerksamkeit auf den Unterschied lenken, der gemacht ist zwischen „Leichen Ertrunkener" und „Leichen sofort nach dem Tode gewaltsam ins Wasser Geworfener". Obgleich der Schreiber einen Unterschied zuläßt, bringt er doch beide in dieselbe Kategorie. Ich habe gezeigt, wie es kommt, daß der Körper eines Ertrinkenden spezifisch schwerer wird als die verdrängte Wassermenge und daß man überhaupt nicht untersinken würde, wenn man nicht in seiner Verzweiflung die Arme aus dem Wasser streckte und unter Wasser

Atembewegungen machte – Atembewegungen, die an Stelle der in den Lungen enthaltenen Luft Wasser einführen. Diese Arm- und Atembewegungen würden aber bei einem „sofort nach dem Tode gewaltsam ins Wasser Geworfenen" nicht vorkommen. Infolgedessen würde in letzterem Fall der Körper *in der Regel überhaupt nicht untersinken* – eine Tatsache, die dem „Etoile" offenbar unbekannt ist. Wenn die Zersetzung sehr weit fortgeschritten wäre – wenn das Fleisch zum großen Teil schon von den Knochen verschwunden wäre –, dann, doch nicht *eher*, würde der Körper unsern Blicken entschwinden.

Und was haben wir nun von der Schlußfolgerung zu halten, daß die gefundene Leiche nicht die der Marie Rogêt sein könne, weil erst drei Tage vergangen waren, als man diese Leiche an der Oberfläche treibend fand? Ist sie eine Ertrunkene, so war sie, ein Weib, vielleicht überhaupt nicht untergegangen oder konnte, falls sie gesunken, in vierundzwanzig Stunden oder früher wieder emporgestiegen sein. Doch niemand vermutet hier ein Ertrinken. War das Weib aber tot, ehe es in den Fluß geriet, so hätte die Leiche jederzeit danach treibend gefunden werden können.

„Aber“, sagt der „Etoile“, „hätte die Leiche in ihrem verstümmelten Zustand bis Dienstag nacht an Land gelegen, so hätte man Spuren von den Mördern finden müssen.“ Hier ist es zunächst schwer, herauszufinden, was der Schreiber gewollt hat. Er will einen eventuellen Einwand gegen seine Theorie widerlegen – den Einwand nämlich, daß die Leiche zunächst zwei Tage an Land gelegen und rascher Verwesung unterworfen gewesen sein könne – rascherer Verwesung als im Wasser. Er nimmt an, daß sie in diesem Fall am Mittwoch an der Oberfläche aufgetaucht sein könne, und meint, daß dies nur unter solchen Umständen geschehen sein könne. Er hat es infolgedessen eilig zu zeigen, daß sie *nicht* an Land gelegen hat, denn wenn das gewesen wäre, „hätte man Spuren von den Mördern finden müssen“. Ich denke, Sie lächeln über diese Schlußfolgerung. Sie können nicht einsehen, wieso ein längeres Anlandliegen der Leiche die Spuren der Mörder hätte vermehren sollen – auch ich kann das nicht verstehen.

„Und fernerhin ist es äußerst unwahrscheinlich", fährt die Zeitung fort, „daß Kerle, die einen solchen Mord begangen, den Leichnam ins Wasser geworfen haben sollten, ohne ihn durch einen Ballast zum Sinken zu bringen, wo solche Vorsichtsmaßregel doch so leicht getroffen werden kann." Beachten Sie hier die lächerliche Gedankenverwirrung. Niemand – nicht einmal der „Etoile" – bestreitet, *daß an dem aufgefundenen Körper ein Mord begangen* worden ist. Die Spuren roher Vergewaltigung sind zu auffällig. Unseres Dialektikers Absicht geht nur dahin zu zeigen, daß dieser Körper nicht mit Marie identisch ist. Er wünscht nachzuweisen, daß Marie nicht ermordet worden – nicht etwa, daß die Leiche es nicht sei. Dennoch beweist seine Äußerung nur diesen letzteren Punkt: Hier ist eine Leiche ohne beschwerendes Gewicht. Mörder würden beim Inswasserwerfen derselben nicht versäumt haben, ein Gewicht daran zu befestigen. Daher ist sie also nicht von Mördern hineingeworfen. Das ist alles, was bewiesen wird – wenn überhaupt etwas bewiesen wird. Die Frage der Identität wird nicht einmal berührt, und das Blatt hat sich furchtbare Mühe gemacht, lediglich das zu leugnen, was es einen Moment früher zugegeben. „Wir sind vollkommen überzeugt“ sagt es weiter, „daß die gefundene Leiche diejenige eines ermordeten Weibes war.“

Dies ist aber nicht das einzigemal, daß unser Dialektiker sich selbst widerlegt. Seine offenbare Absicht ist, wie ich schon sagte, den Zwischenraum zwischen Maries Verschwinden und der Auffindung der Leiche so viel als möglich zu verringern. Dennoch sehen wir ihn den Punkt geltend machen, daß kein Mensch das Mädchen nach Verlassen ihrer Wohnung mehr gesehen hat. „Es ist nicht erwiesen“, sagt er, „daß Marie Rogêt am Sonntag, dem 22. Juni, nach neun Uhr noch unter den Lebenden weilte.“ Da seine Beweisführung offenbar nur eine einseitige ist, hätte er wenigstens diese Sache außer acht lassen sollen; denn wäre es erwiesen, daß irgend jemand, sei es nun am Montag oder am Dienstag, Marie gesehen habe, so wäre der fragliche Zeitraum sehr vermindert und durch seine eigene Schlußfolgerung die Wahrscheinlichkeit verringert worden, daß die Leiche jene der Grisette sei. Es ist nichtsdestoweniger amüsant zu sehen, daß der „Etoile“ auf diesem Punkt besteht, in der Überzeugung, daß er ihm für seine Beweisführung dienlich sei.

Lesen wir nun nochmals den Teil der Beweisführung, der sich auf die Identifizierung der Leiche durch Beauvais bezieht. Was das Haar auf den Armen anlangt, so ist der „Etoile“ augenscheinlich in diesem Punkt unaufrichtig. Herr Beauvais ist kein Idiot und konnte unmöglich bezüglich der Identifizierung der Leiche nichts weiter geltend gemacht haben, als daß sie Haare auf den Armen habe. Kein Arm ist aber ohne Haare. Die Verallgemeinerung der Äußerung des „Etoile“ ist einfach eine Verdrehung der Worte des Zeugen. Er muß von irgendeiner Eigenart dieses Haares gesprochen haben; es muß eine Besonderheit in der Farbe, der Menge, der Länge oder der Anordnung gewesen sein.

„Ihr Fuß“, sagt das Blatt, „war klein – so sind tausend Füße. Ihre Strumpfbänder sind überhaupt kein Beweis, ebensowenig ihre Schuhe, denn gleiche Schuhe und Strumpfbänder werden massenweise verkauft. Dasselbe ist von den Blumen auf ihrem Hut zu sagen. Eine Sache, auf die

Herr Beauvais sich besonders stützt, ist die, daß die Schließe des Strumpfbands zurückgesetzt war, um es enger zu machen. Das besagt gar nichts; denn die meisten Frauen pflegen nicht die Strumpfbänder im Kaufladen anzuprobieren, sondern kaufen sich ein Paar und ändern es zu Hause entsprechend um.“ Hier ist es schwer, den Schreiber ernst zu nehmen. Hätte Herr Beauvais auf seiner Suche nach Marie eine Leiche gefunden, die an Gestalt und Aussehen dem vermißten Mädchen ähnlich gewesen, so wäre er (ganz abgesehen von der Kleiderfrage) zu der Behauptung berechtigt gewesen, daß seine Suche Erfolg gehabt habe. Wenn außer der Übereinstimmung von Gestalt und Aussehen noch hinzukam, daß die Behaarung der Arme eine Eigenart aufwies, die er bei der lebenden Marie wahrgenommen, so mag seine Überzeugung sich verstärkt haben, und diese Zunahme wird zu der Seltsamkeit oder Ungewöhnlichkeit der Haarbildung im entsprechenden Verhältnis gestanden haben. Wenn überdies Maries Fuß schmal und jener der Leiche ebenso gewesen, so würde die Wahrscheinlichkeit, daß diese Leiche die der Marie war, nicht eine Verstärkung in lediglich arithmetischer, sondern eine solche in geometrischer oder akkumulativer Hinsicht erfahren. Und zu alledem Schuhe, wie Marie sie am Tage ihres Verschwindens getragen! Obgleich diese Schuhe „massenweise“ verkauft werden, so steigt doch nun die Wahrscheinlichkeit bis an die Grenze der Gewißheit. Was an und für sich kein Identitätsbeweis wäre, wird durch sein Zusammentreffen mit anderen zum sichersten Beweis. Finden wir nun noch Blumen auf dem Hut, die denen des vermißten Mädchens gleichen, so suchen wir keine weiteren Zeichen. Schon eine Blume würde genügen – wie nun, wenn es zwei oder drei oder gar mehr sind? Jede hinzukommende vervielfältigt den Beweis, fügt nicht Erkennungszeichen zu Erkennungszeichen, sondern multipliziert diese mit Hunderten und Tausenden. Lassen Sie uns nun noch bei der Leiche solche Strumpfbänder finden, wie die Lebende sie getragen, und es ist Torheit, noch weiter zu suchen. Doch diese Strumpfbänder sind durch Zurücksetzen einer Schnalle enger gemacht, in derselben Weise, wie Marie die ihrigen, nicht lange ehe sie von Hause fortging, verändert hatte. Nun ist es Wahnsinn oder Heuchelei weiterzusuchen. Was der „Etoile“ darüber sagt, daß solches Engernähen der Strumpfbänder häufig vorgenommen werde, zeigt nichts als seine eigene Verranntheit. Die Elastizität der Strumpfbänder beweist allein schon die Ungewöhnlichkeit einer solchen Maßnahme. Was so beschaffen ist, daß es sich selbst anpaßt, braucht notwendigerweise nur selten passend geändert zu werden. Es muß im wahrsten Sinn des Wortes ein besonderes Ereignis gewesen sein, was das Engernähen von Maries Strumpfbändern nötig machte. Sie allein hätten ihre Identität zur Genüge nachgewiesen. Aber es war nun nicht so, daß man an der Leiche die Strumpfbänder der Vermißten oder ihre Schuhe oder ihren Hut oder die Blumen ihres Hutes fand, oder ihre kleinen Füße oder ein besonderes Kennzeichen auf den Armen oder ihre Größe und Erscheinung – man fand vielmehr jedes dieser Dinge und alle zusammen. Der „Etoile“ hat es für klug gefunden, die kleinliche Redeweise der Rechtsgelehrten nachzuahmen, die sich zum großen Teil damit begnügen, die Regeln und Formeln der Gerichtshöfe herunterzuschnurren. Ich möchte hier bemerken, daß sehr viel von dem, was ein Gericht als Beweis verwirft, dem Intellekt als bester Beweis erscheint. Denn das Gericht, das sich zur Erlangung von Beweisen nach den allgemeinen Grundregeln richtet – den festgesetzten und gebuchten Grundregeln –, betrachtet eine abweichende Beweisführung als Abschweifung. Und dieses standhafte Kleben an den Formeln, unter schärfster Mißachtung aller diesen zuwiderlaufenden Punkte, ist wohl ein sicherer Weg, das Maximum der ergründbaren Wahrheiten herauszufinden; aber es ist nicht weniger gewiß, daß es zu ungeheuren Irrtümern führen kann.

Was die gegen Beauvais vorgebrachten Verdächtigungen betrifft, so werden Sie diese ohne weiteres abtun. Sie haben den wahren Charakter des guten Mannes erraten. Er ist sensationsgierig, phantastisch und beschränkt und spielt sich gern ein bißchen auf. Wer so veranlagt ist, wird sich in Fällen wirklicher Aufregung leicht so benehmen, daß er sich den Überschlauen und Unwissenden verdächtig macht. Herr Beauvais hatte, wie es den Anschein hat, ein persönliches Interview mit dem Herausgeber des Blattes und kränkte diesen, indem er, ungeachtet der Theorie des

Herausgebers, seine Ansicht zu äußern wagte, daß die Leiche tatsächlich mit Marie identisch sei. „Er besteht darauf", sagt das Blatt, „daß die Leiche jene der Marie sei, weiß aber außer den Angaben, die wir hier einer Beurteilung unterzogen haben, nichts anzuführen, was auch für andere überzeugend wäre." Ohne daß wir nun auf die Tatsache zurückkommen, daß stärkere Beweise, „die auch für andere überzeugend wären", gar nicht erbracht werden könnten, so ist doch zu bemerken, daß in einem Fall wie dem vorliegenden ein Mann sehr wohl selbst überzeugt sein kann, ohne daß es ihm möglich wäre, einen einzigen Grund anzugeben, der für andere stichhaltig wäre. Nichts ist unbestimmter als das Gefühl für individuelle Identität. Jeder kann seinen Nachbar erkennen, dennoch gibt es wenig Anlässe, bei denen irgendeiner *den Grund* für dieses Erkennen anzugeben vermöchte. Der Herausgeber des „Etoile" hatte kein Recht, über Herrn Beauvais' unbegründete Überzeugung beleidigt zu sein. Die gegen diesen vorliegenden Verdachtsmomente passen viel besser zu meiner Hypothese eines sensationshungrigen Phantasten als zu des Artikelschreibers Vermutung, daß

Beauvais der Schuldige sei. Neigen wir dieser milderen Auffassung zu, so gibt uns die Rose im Schlüsselloch, das „Marie“ auf der Tafel keine Rätsel mehr auf. Wir verstehen nun das „Beiseiteschieben der männlichen Verwandten“, sein „Widerstreben, den Verwandten die Besichtigung der Leiche zu gestatten“, die der Frau B. erteilte Warnung, daß sie bis zu seiner (Beauvais') Rückkehr kein Gespräch mit dem Gendarmen führen solle, und endlich sein offenbares Bestreben, „daß niemand außer ihm mit den Nachforschungen zu tun haben solle.“ Es scheint mir außer Frage, daß Beauvais ein Verehrer Maries gewesen, daß sie mit ihm kokettierte und daß ihm daran lag, als ihr naher Freund und Vertrauter zu gelten. Ich habe über diesen Punkt nichts mehr zu sagen; und da die Tatsachen die Behauptung des „Etoile“ bezüglich der Gleichgültigkeit von seiten der Mutter und der anderen Verwandten völlig widerlegt haben – einer Gleichgültigkeit, die unvereinbar war mit der Voraussetzung, daß sie die Leiche als jene des vermißten Mädchens anerkannten –, so wollen wir nun fortfahren, als wäre die Frage der Identität völlig erledigt.“

„Und was“, fragte ich jetzt, „halten Sie von den Äußerungen des „Commercial“?“

„Daß sie weit mehr Beachtung verdienen als alle andern, die in der Sache vorgebracht worden sind. Die aus den Prämissen gezogenen Schlüsse sind gewissenhaft und scharfsinnig; aber die Prämissen beruhen – in zwei Punkten wenigstens – auf falscher Beobachtung. Der „Commercial“ wünscht anzudeuten, daß Marie nicht weit vom Haus ihrer Mutter von einer Rotte roher Burschen aufgegriffen worden sei. „Es ist unmöglich“ äußert er, „daß eine Tausenden bekannte Persönlichkeit wie dieses junge Weib drei Häuserquadrate durchqueren könnte, ohne erkannt zu werden.“ Dies ist die Anschauung eines in Paris lange Ansässigen – eines im öffentlichen Leben Stehenden – und eines, dessen Gänge ins Stadtinnere sich meistens auf die Gegend öffentlicher Gebäude beschränkten. Er ist sich bewußt, daß er selten vom Büro aus ein Dutzend Häuserquadrate passiert, ohne erkannt und gegrüßt zu werden. Und nach dem Umfang seines eigenen Bekanntenkreises berechnet er jenen der Verkäuferin, findet keinen großen Unterschied zwischen beiden und kommt ohne weiteres zu dem Schluß, daß sie auf ihren Gängen ebenso oft erkannt werden müsse, wie er selbst auf seinen. Das könnte nur dann der Fall sein, wenn ihre Gänge denselben methodischen, einförmigen Charakter aufwiesen und ihnen dieselben engen Grenzen gezogen wären wie den seinigen. Er macht seine Wege zu immer denselben Zeiten, durch immer dieselben Straßen, die voller Menschen sind, deren Interessen den seinigen gleichen und die darum auch an ihm ein Interesse nehmen. Die Gänge Maries aber mögen im allgemeinen ein größeres Gebiet umfaßt haben. In diesem besonderen Fall ist es als sehr wahrscheinlich anzunehmen, daß sie eine von ihren gewohnten Wegen sehr abweichende Richtung nahm. Die Parallele, die, wie wir annehmen, der „Commercial" im Geist zog, wäre nur dann aufrechtzuerhalten, wenn beide Personen die ganze Stadt durchquerten. Angenommen, der persönliche Bekanntenkreis wäre gleich groß, so wäre in diesem Fall auch die Möglichkeit einer gleichen Anzahl von Begegnungen dieselbe. Ich für mein Teil halte es nicht nur für möglich, sondern für mehr als wahrscheinlich, daß Marie zu jeder gewünschten Zeit irgendeinen der vielen

Wege zwischen ihrer eigenen Behausung und der der Tante hätte nehmen können, ohne einem einzigen Menschen zu begegnen, den sie kannte oder dem sie bekannt war. Wollen wir diese Frage ins rechte Licht rücken, so müssen wir uns immer das große Mißverhältnis vorstellen, das zwischen dem Bekanntenkreis selbst der bekanntesten Persönlichkeit in Paris und der Gesamtbevölkerung von Paris besteht.

Doch welche überzeugende Kraft die Vermutung des „Commercial“ auch immer haben mag, sie wird sehr vermindert, wenn wir die Stunde in Betracht ziehen, zu der das Mädchen ausging. „Ihr Fortgang erfolgte zu einer Zeit, da die Straßen voller Menschen waren“, sagte der „Commercial“. Aber weit gefehlt! Es war um neun Uhr morgens. Nun sind an jedem Morgen um neun Uhr, mit Ausnahme des Sonntags, die Straßen der Stadt gedrängt voll. Am Sonntagmorgen um neun ist die Bevölkerung großenteils zu Hause und bereitet sich zum Kirchgang vor. Keinem Menschen mit Beobachtungsgabe kann es entgehen, wie geradezu vereinsamt die Straßen an jedem Feiertag von acht bis zehn Uhr morgens sind. Zwischen zehn und elf sind die Straßen überfüllt, nicht aber zu so früher Zeit wie der angegebenen.

Da ist noch ein Punkt, der einen Beobachtungsfehler von Seiten des „Commercial“ aufzuweisen scheint. Er sagt: „Aus dem Unterrock der Unglücklichen war ein zwei Fuß langes und ein Fuß breites Stück herausgerissen und ihr um Kopf und Kinn gebunden, vermutlich um sie am Schreien zu verhindern; das müssen Leute getan haben, die nicht im Besitz von Taschentüchern waren.“ Inwiefern dieser Gedanke mehr oder weniger gut begründet ist, werden wir später sehen; aber unter „Leuten, die nicht im Besitz von Taschentüchern waren“, versteht der Herausgeber die niedrigste Klasse von Lumpen. Diese sind aber gerade die Art von Leuten, die man immer im Besitz von Taschentüchern sehen wird – selbst wenn sie nicht einmal Hemden haben. Sie müssen schon Gelegenheit gehabt haben, zu bemerken, wie geradezu unentbehrlich dem wirklichen Vagabunden in den letzten Jahren das Taschentuch geworden ist.“

„Und was haben wir von dem Artikel im „Soleil“ zu halten?“ fragte ich.

„Daß es ungemein zu bedauern ist, daß sein Verfasser nicht als Papagei geboren worden – in welchem Fall er der bedeutendste Papagei seiner Zeit geworden wäre. Er hat lediglich die verschiedenen Einzelpunkte der bereits veröffentlichten Meinungen wiederholt, nachdem er sie mit lobenswertem Eifer aus diesem und jenem Blatt zusammengetragen. „Alle diese Dinge“, sagte er, „haben offenbar mindestens drei bis vier Wochen dort gelegen, und es kann also kein Zweifel sein, daß man die Stelle der empörenden Gewalttat aufgefunden hat.“ Die hier vom „Soleil“ wiederangeführten Tatsachen sind weit davon entfernt, meine Zweifel in dieser Hinsicht zu beheben, und wir wollen sie späterhin in Verbindung mit einer andern Seite unseres Themas eingehender nachprüfen.

Zunächst müssen wir uns mit andern Beobachtungen befassen. Es muß Ihnen aufgefallen sein, wie außerordentlich oberflächlich die Untersuchung der Leiche gehandhabt wurde. Gewiß, die Frage der Identität war schnell entschieden – oder hätte es wenigstens sein müssen; aber es gab andere Dinge festzustellen. War die Leiche etwa geplündert worden? Hatte die Verstorbene, als sie von Hause fortging, irgendwelche Schmucksachen bei sich? Und wenn, hatte sie dieselben noch, als man ihre Leiche fand? Das sind wichtige Fragen, die bei der Untersuchung ganz übergangen wurden; und es gibt noch andere, ebenso wichtige, die unberücksichtigt blieben. Wir müssen versuchen, uns diese Fragen selbst zu beantworten. Der Fall St. Eustache muß nachgeprüft werden. Ich habe keinen Verdacht auf diesen Herrn, aber wir wollen methodisch vorgehen. Wir wollen den Wert seiner eidlichen Aussage darüber, wie und wo er den Sonntag verbracht, feststellen. In solchen Fällen sind Meineide nichts Seltenes. Sollte aber hier nichts Böses zu entdecken sein, so wollen wir St. Eustache aus unserm Forschungsgebiet ausscheiden. Sein Selbstmord, wie verdächtig er auch im Fall eines Meineids wäre, ist ohne solchen Meineid durchaus nichts so Unerklärliches, als daß es uns von der geraden Linie unserer Analyse abbringen könnte.

Mein Vorschlag geht nun dahin, den inneren sichtbaren Kern dieser Tragödie außer acht zu lassen und unserer Aufmerksamkeit weitere Grenzen zu ziehen. Ein nicht geringer Fehler bei solcher Nachforschung ist das Beschränken derselben auf die unmittelbaren Ereignisse, unter völliger Nichtachtung der mittelbaren, nebensächlichen Umstände. Es ist eine üble Angewohnheit der Gerichte, Beweisaufnahme und Zeugenverhör auf das anscheinend Wichtige zu beschränken. Denn Erfahrung hat gezeigt, daß ein großer – vielleicht der größere Teil der Wahrheit aus dem scheinbar Unwichtigen geschöpft wird. Diesem Grundsatz folgend, hat sich die heutige Wissenschaft entschlossen, mit dem Unvorhergesehenen zu rechnen. Doch vielleicht verstehen Sie mich nicht. Die Geschichte menschlicher Erkenntnis hat uns so unausgesetzt gezeigt, wie wir den unrichtigen, nebensächlichen, zufälligen Ereignissen die wertvollsten Entdeckungen schulden, daß es schließlich nötig geworden ist, im weitesten Sinn den zufälligen Vermutungen, wenn sie auch ganz abseits vom gewöhnlichen Weg liegen, Beachtung zu schenken. Der Zufall ist als ein grundlegender

Teil zur weiteren Nachforschung anerkannt worden; das Unvorhergesehene, Unvermutete legen wir den mathematischen Formeln zugrunde.

Ich wiederhole: es ist Tatsache, daß der größere Teil aller Wahrheiten aus dem Nebensächlichen gewonnen wurde; und in der Überzeugung von der Bedeutsamkeit dieser Erkenntnis möchte ich die Nachforschungen in unserm Fall hier von dem vielbegangenen und bisher unfruchtbaren Boden des Ereignisses selbst auf die ihm eng verknüpften Begleitumstände ablenken. Während Sie die Zeugeneide auf ihre Wahrhaftigkeit nachprüfen, will ich die Zeitungen in weiterem Sinn durchsuchen, als Sie es bisher getan haben. Bis jetzt haben wir nur das Feld für unsere Nachforschungen festgestellt; aber es wäre wirklich sonderbar, wenn eine verständnisvolle Durchsicht der öffentlichen Blätter, wie ich sie beabsichtige, uns nicht einige winzige Andeutungen für die einzuschlagende Richtung unserer Suche einbrächte."

Dupins Anregung folgend, unterzog ich die eidlichen Aussagen einer sorgfältigen Nachprüfung. Das Resultat war meine feste Überzeugung von ihrer Wahrhaftigkeit und demnach von der Unschuld St. Eustaches. Währenddessen sah mein Freund die verschiedensten Zeitungsblätter durch, was mir als höchst überflüssig erschien. Nach einer Woche legte er mir folgende Auszüge vor:

„Vor etwa dreieinhalb Jahren ereignete sich ein Fall, der mit dem vorliegenden große Ähnlichkeit hat. Jene selbe Marie Rogêt verschwand damals aus dem Parfümerieladen des Herrn Le Blanc im Palais Royal. Nach Ablauf einer Woche erschien sie jedoch wieder wohlbehalten im Geschäft, nur daß sie ungewöhnlich bleich war. Durch Herrn Le Blanc und ihre Mutter wurde bekanntgegeben, daß sie eine Freundin auf dem Land besucht habe, und die ganze Angelegenheit wurde vertuscht und vergessen. Wir nehmen an, daß ihr diesmaliges Verschwinden einer ähnlichen Laune entspringt und daß nach Verlauf einer Woche oder auch eines Monats Marie wieder auftaucht.“ – Abendzeitung, Montag, 23. Juni.

„Ein gestriges Abendblatt erinnert an ein früheres geheimnisvolles Verschwinden des Fräulein Rogêt. Es ist bekannt, daß sie die Woche ihrer Abwesenheit aus Herrn Le Blancs Parfümerieladen in Gesellschaft eines jungen Marineoffiziers, der einen Ruf als leichtsinniger Verführer hat, verbrachte. Eine Veruneinigung, so mutmaßt man, war die Ursache ihrer Rückkehr nach Hause. Wir kennen den Namen des in Frage stehenden Lothario, der gegenwärtig in Paris stationiert ist, unterlassen aber aus naheliegenden Gründen, ihn zu nennen." – „Le Mercure", Dienstag, 24. Juni, morgens.

„Eine abscheuliche Gewalttat wurde vorgestern in der Nähe der Stadt verübt. Ein Herr, in Begleitung von Frau und Tochter, ließ sich in der Dämmerung von sechs jungen Leuten, die auf der Seine ziellos umherruderten, in ihrem Boot übersetzen. Am andern Ufer angekommen, stiegen die drei Passagiere aus und waren dem Boot bereits außer Sicht, als die Tochter gewahr wurde, daß sie ihren Sonnenschirm darin zurückgelassen. Sie kehrte um, ihn zu holen, wurde von der Bande ergriffen, in den Strom hinausgeschleppt, geknebelt, vergewaltigt, und schließlich nicht weit von der Stelle, wo sie mit ihren Eltern das Boot bestiegen, an Land gesetzt. Die Schurken sind für den Augenblick entkommen, aber die Polizei ist auf ihrer Spur, und mehrere werden bald gefaßt sein.“ – Morgenzeitung, 25. Juni.

„Wir haben einige Zuschriften erhalten, die das jüngst begangene Verbrechen einem gewissen Mennais zur Last legen. Da dieser Herr aber vor dem Untersuchungsrichter seine Unschuld nachweisen konnte und da die Beweisführungen jener verschiedenen Korrespondenten mehr Übereifer als Scharfsinn zeigen, halten wir es nicht für ratsam, sie zu veröffentlichen.“ – Morgenzeitung, 28. Juni.

„Es sind uns von anscheinend verschiedenen Seiten mehrere Zuschriften zugegangen, die in bestimmtestem Ton behaupten, die unglückliche Marie Rogêt sei das Opfer einer der zahlreichen Banden von Herumstreichern geworden, die des Sonntags die Umgebung der Stadt unsicher machen. Dies stimmt mit unserer eigenen Meinung vollkommen überein. Wir werden versuchen, demnächst für einige dieser Beweisführungen hier Raum zu finden.“ – Abendzeitung, Montag, 30. Juni.

„Am Sonntag sah einer der beim Zolldienst beschäftigten Bootsknechte ein leeres Boot auf der Seine treiben. Die

Segel lagen auf dem Boden des Bootes. Der Knecht vertaute es unterhalb des Zollgebäudes. Am andern Morgen aber war es von dort wieder verschwunden, ohne daß einer der Beamten darüber Rechenschaft zu geben wußte. Das Steuerruder liegt im Zollgebäude." – „Le Diligence", Donnerstag, 26. Juni.

Als ich diese verschiedenen Auszüge las, schienen sie mir nicht nur nebensächlich, sondern ich konnte auch nicht einsehen, wie sie zu der vorliegenden Sache in Beziehung zu bringen sein sollten. Ich erwartete Dupins Erklärungen.

„Es ist vorläufig nicht meine Absicht", sagte er, „bei dem ersten und zweiten dieser Auszüge zu verweilen. Ich habe sie hauptsächlich deshalb herausgeschrieben, um Ihnen die geradezu verblüffende Nachlässigkeit der Polizei zu zeigen, die, soweit ich den Präfekten richtig verstanden habe, sich überhaupt nicht mit einem Verhör des betreffenden Marineoffiziers befaßt hat. Dennoch ist es wirklich Torheit, anzunehmen, daß zwischen dem ersten und zweiten Verschwinden Maries keine Möglichkeit eines Zusammenhangs bestehe. Nehmen wir an, das erstmalige

Entweichen des Mädchens habe mit einem Streit zwischen den Liebenden und der Rückkehr der Enttäuschten geendet. Nun sind wir vorbereitet, ein zweites Entweichen (falls wir wissen, daß ein Entweichen stattgefunden) eher als die Folge eines Wiederanknüpfungsversuchs des ersten Verführers anzusehen, als daß wir etwa neue Anträge einer zweiten Person annehmen – wir glauben eher an ein Wiederanspinnen des alten Liebesverhältnisses als an den Beginn eines neuen. Die Wahrscheinlichkeit ist wie zehn zu eins, daß eher der, der schon einmal mit Marie entflohen war, sie zum zweitenmal zur Flucht auffordern würde, als daß ihr, der schon einmal jemand einen derartigen Antrag gemacht, nun wieder ein anderer denselben Vorschlag machen sollte. Und hier lassen Sie mich Ihre Aufmerksamkeit darauf hinweisen, daß die Zeit zwischen dem ersten festgestellten und dem zweiten vermuteten Fluchtversuch gerade ein paar Monate mehr ist, als eine Seefahrt unserer Marinesoldaten zu dauern pflegt. Ist der Liebhaber bei seinem ersten Bubenstreich dadurch, daß er zur See mußte, gestört worden, und hat er den ersten Augenblick der Rückkehr dazu benutzt, die noch nicht ganz erfüllten bösen Absichten oder die *von ihm* noch nicht ganz erfüllten bösen Absichten nun wahr zu machen? Von alledem wissen wir nichts.

Sie werden nun aber sagen, beim zweiten Fall handle es sich um keine Entführung. Gewiß nicht – doch können wir mit Bestimmtheit die vereitelte Absicht dazu verneinen? Außer St. Eustache und vielleicht Beauvais sehen wir keine anerkannten, keine ernsthaften Verehrer Maries. Von keinem anderen wird je gesprochen. Wer ist denn da der geheimnisvolle Liebhaber, von dem die Verwandten und Bekannten (wenigstens die meisten von ihnen) nichts wissen, doch mit dem Marie am Sonntagmorgen zusammentrifft und der so sehr ihr Vertrauen genießt, daß sie keine Bedenken trägt, mit ihm in den einsamen Gehölzen an der Barrière du Roule zu verweilen, bis die Abenddämmerung sinkt? Wer ist dieser geheimnisvolle Liebhaber, frage ich, von dem wenigstens die meisten Bekannten nichts wissen? Und was bedeutet die seltsame Prophezeiung Frau Rogêts am Morgen von Maries Fortgang: „Ich fürchte, ich werde Marie nie wiedersehen?“

Doch wenn wir uns auch nicht vorstellen, daß Frau Rogêt von dem Entführungsplan gewußt habe, können wir nicht wenigstens bei dem Mädchen dieses Wissen vermuten? Als sie das Haus verließ, gab sie zu verstehen, daß sie ihre Tante in der Rue des Drômes besuchen wolle, und St. Eustache wurde ersucht, sie bei Dunkelwerden abzuholen. Diese Tatsache spricht allerdings auf den ersten Blick gegen meine Vermutung, doch lassen Sie uns nachdenken. Daß sie *wirklich* mit einem Begleiter zusammentraf und mit ihm über den Fluß setzte und erst um drei Uhr nachmittags an der Barrière du Roule ankam, ist bekannt. Als sie aber zustimmte, den Betreffenden zu begleiten (ganz gleich, aus welchem Grund und ob ihre Mutter davon wußte oder nicht), mußte sie sich erinnern, welche Absicht sie beim Verlassen des Hauses ausgesprochen; sie mußte sich das Erstaunen und den Argwohn St. Eustaches, ihres erklärten Bräutigams, denken können, wenn er, zur angegebenen Stunde in der Rue des Drômes vorsprechend, entdecken würde, daß sie gar nicht dagewesen war, und wenn er überdies, mit dieser beunruhigenden Botschaft in die Pension zurückkehrend, gewahr werden würde, daß sie noch immer nicht heimgekommen. Ich sage, sie muß an diese Dinge gedacht haben. Sie muß den Kummer St. Eustaches, den Argwohn aller vorausgesehen haben. Sie kann nicht vorgehabt haben, zurückzukehren und diesem Argwohn standzuhalten; wenn wir aber annehmen, daß sie *nicht* zurückzukehren beabsichtigte, so sehen wir, daß ihr der Argwohn der andern gleichgültig sein konnte.

Ihr Gedankengang wird etwa so gewesen sein: Ich will mit einer bestimmten Person zusammentreffen, um mit ihr zu entfliehen – oder aus andern nur mir bekannten Gründen. Es ist nötig, jede Möglichkeit einer Störung fernzuhalten – wir müssen Zeit genug haben, der Verfolgung auszuweichen – ich werde zu verstehen geben, daß ich den Tag bei meiner Tante in der Rue des Drômes verbringen will – ich werde St. Eustache auftragen, mich nicht vor Dunkelwerden abzuholen –, auf diese Weise wird meine Abwesenheit von Hause für einen möglichst langen Zeitraum erklärt, ohne Verdacht oder Beunruhigung zu wecken, und ich gewinne mehr Zeit, als wenn ich irgend etwas anderes vorgegeben hätte. Wenn ich St. Eustache bitte, mich bei Dunkelwerden abzuholen, wird er bestimmt nicht früher kommen; wenn ich aber ganz unterlasse, ihn dazu aufzufordern, verringert sich meine Zeit zur Flucht, da man meine Rückkehr früher erwarten, mein Fernbleiben also früher Beunruhigung erwecken wird. Wenn ich überhaupt zurückzukehren beabsichtigte – wenn ich nur den einen Tag in Gesellschaft des Betreffenden verbringen wollte –, wäre es unklug von mir, St. Eustache zu bitten, mich abzuholen; denn wenn er es tut, entdeckt er mit *Bestimmtheit*, daß ich ihn hintergangen habe – was ich ihm vollkommen verbergen könnte, wenn ich fortginge, ohne ein Ziel anzugeben, vor Dunkelwerden zurückkäme und dann angäbe, ich hätte meine Tante in der Rue des Drômes besucht. Da es aber meine Absicht ist, nie zurückzukehren – oder wenigstens für mehrere Wochen nicht – oder nicht, ehe gewisse Dinge geschehen sind –, ist das einzige, um was ich mich jetzt zu kümmern brauche, Zeit zu gewinnen.

Sie haben aus Ihren Notizen gesehen, daß die allgemeine Auffassung in dieser traurigen Angelegenheit von Anfang an dahin geht, das Mädchen sei ein Opfer von Herumstreichern geworden. Nun ist die Volksmeinung in gewisser Beziehung keineswegs zu mißachten. Wenn sie aus sich selbst entsteht – sich in spontaner Weise äußert –, sollten wir sie wie eine Intuition einschätzen. In neunundneunzig von hundert Fällen würde ich für ihr sicheres Urteil eintreten. Aber es ist auffallend, daß wir hier keine Art *Eingebung* bemerken. So eine Ansicht muß durchaus im Volk *selbst entstanden,* seine eigenste Meinung sein; und der Unterschied ist oft äußerst schwer zu sehen und festzuhalten. Im vorliegenden Fall scheint es mir, als sei die „öffentliche Meinung" bezüglich einer Bande von Herumstreichern sehr beeinflußt durch den gleichzeitigen Vorfall, der in der dritten meiner Notizen dargelegt wird. Ganz Paris ist in Aufregung über die gefundene Leiche der Marie, eines jungen, schönen und vielgekannten Mädchens. Diese Leiche wird mit schweren Verletzungen im Strom aufgefischt. Nun ist aber bekanntgeworden, daß zur selben Zeit, in der die Ermordung des Mädchens angenommen wird, eine ähnliche, wenn auch weniger grausame Untat, wie man sie an diesem jungen Mädchen festgestellt, von einer Bande Herumstreicher an einem anderen jungen Mädchen verübt worden ist. Ist es verwunderlich, daß die eine bekanntgewordene Schändlichkeit das öffentliche Urteil über die *andere* beeinflußt hat? Man brauchte für dies Urteil eine Richtung, und die eine Tat schien sie auch für die andere anzugeben! Marie war im Fluß gefunden worden, und auf diesem selben Fluß war die andere Untat begangen worden. Die beiden Ereignisse miteinander in Beziehung zu bringen, war so naheliegend, daß es ein Wunder gewesen wäre, wenn das Volk dies unterlassen hätte. In der Tat aber ist – wenn irgend etwas – gerade die eine begangene Tat ein Beweis, daß der sich fast zu gleicher Zeit abspielende zweite Fall *nicht* so verlaufen ist. Es wäre doch wirklich mehr als seltsam, wenn zur selben Zeit in derselben Stadt und an demselben Ort, wo eine Bande Rohlinge eine unerhörte Schandtat verübte, unter denselben Umständen eine andere Bande ganz das gleiche getan haben sollte! Dies Wundersame aber ist es, was die Volksmeinung uns glauben machen will.

Ehe wir weiter urteilen, wollen wir die angebliche Mordstelle im Gehölz an der Barrière du Roule betrachten. Dieses Dickicht war ganz nahe an einer öffentlichen Straße.

Es befanden sich dort drei oder vier große Steine, die eine Art Sitz mit Lehne und Fußbank bildeten. Auf dem oberen Stein lag ein weißer Unterrock, auf dem zweiten eine seidene Schärpe. Auch ein Sonnenschirm, Handschuhe und ein Taschentuch wurden hier gefunden. Das Taschentuch trug den Namen „Marie Rogêt“. An den benachbarten Büschen hingen Kleiderfetzen. Die Erde war zerstampft, die Zweige waren geknickt, und alles deutete auf einen stattgehabten Kampf.

Ungeachtet der Einmütigkeit, mit der die Presse dieses Dickicht als den Mordplatz ansah, muß gesagt werden, daß die Sache doch anzuzweifeln war. Ich mag nun glauben oder nicht glauben, daß dies der Platz war – jedenfalls gab es hervorragenden Grund zu zweifeln. Wäre, wie der „Commercial“ annahm, die *wahre* Mordstelle in der Nähe der Rue Pavée Sainte Andrée gewesen, so hätte es die Verbrecher, falls sie noch in Paris weilten, erschrecken müssen, die öffentliche Aufmerksamkeit so ganz auf den richtigen Weg gebracht zu sehen, und in bestimmten Seelen wäre sofort der Gedanke an die Notwendigkeit aufgestiegen, diese Aufmerksamkeit abzulenken. Und da das Dickicht an der Barrière du Roule schon in Verdacht gezogen war, mag man leicht darauf verfallen sein, die Dinge dahin zu legen, wo sie dann gefunden worden sind. Obgleich der „Soleil“ annimmt, die Sachen hätten wochenlang da gelegen, so ist doch kein wirklicher Beweis dafür vorhanden, daß es mehr als einige Tage waren; wohingegen es sehr wahrscheinlich ist, daß sie nicht die zwanzig Tage zwischen dem betreffenden Sonntag und dem Nachmittag, als die Knaben sie fanden, da gelegen haben konnten, ohne gesehen zu werden. „Sie waren sämtlich vom Regen durchfeuchtet und modrig geworden und klebten zusammen vor Moder“, sagt der „Soleil“. „Das eine oder andere war hoch von Gras überwachsen. Die Seide des Sonnenschirms war kräftig, aber so verwittert und modrig, daß sie beim Öffnen des Schirms zerfiel.“ Was nun das Gras anlangt, von dem sie „überwachsen“ waren, so wissen wir, daß man diese Tatsache nur den Worten und also dem Gedächtnis zweier kleiner Knaben entnahm; denn diese Knaben nahmen die Sachen fort und trugen sie heim, ehe sie noch von dritter Seite gesehen worden waren. Aber Gras wächst sehr rasch, und besonders bei warmem und feuchtem Wetter (wie es zur Mordzeit herrschte) kann es in einem einzigen Tag zwei bis drei Zoll wachsen. Ein Sonnenschirm, der auf einem kurzgeschorenen Rasen liegt, kann in einer einzigen Woche durch das aufschießende Gras den Blicken entzogen sein. Der Moder aber, von dem der „Soleil“ so überzeugt ist, daß er das Wort in dem kurzen Absatz nicht weniger als dreimal gebraucht – weiß das Blatt wirklich nicht, was dieser Moder ist? Muß ihm gesagt werden, daß er zu einer jener zahlreichen Pilzarten gehört, deren Hauptmerkmal das Aufschießen und Vergehen innerhalb vierundzwanzig Stunden ist?

So sehen wir also mit einem Blick alles, was triumphierend zur Bekräftigung der Mutmaßung, daß die Sachen wenigstens drei oder vier Wochen da gelegen hätten, angeführt wurde, vollständig null und nichtig werden, sobald man den Tatsachen nachgeht. Andrerseits ist es ungeheuer schwer zu glauben, daß die Sachen länger als eine Woche – länger als von einem Sonntag zum andern – dort gelegen haben sollten. Wer die Umgebung von Paris kennt, weiß, wie außerordentlich schwer es ist, dort *Einsamkeit* zu finden. So etwas wie ein unentdecktes oder auch nur selten besuchtes Plätzchen inmitten der Wälder und Haine ist überhaupt nicht anzunehmen. Lassen Sie irgendeinen Naturschwärmer, den die Pflicht an Staub und Hitze der Großstadt fesselt – lassen Sie ihn selbst wochentags versuchen, seinen Durst nach Einsamkeit in der lieblichen Natur, die uns so nahe umgibt, zu stillen – auf Schritt und Tritt wird er den Zauber durch die Stimme und das Erscheinen eines Vagabunden oder einer Rotte betrunkener Strolche gestört finden. Im dichtesten Buschwerk wird er vergeblich Alleinsein suchen. Hier eben sind die Orte, zu denen sich die schlechten Elemente hingezogen fühlen – hier sind die verrufenen Tempel. Mit Leid im Herzen wird der Wanderer ins sündige Paris zurückfliehen als zu dem weniger schlimmen, weil weniger naturwidrigen Pfuhl der Verderbnis. Wenn aber die Umgebung der Stadt an Werktagen so bevölkert ist, wieviel mehr an Feiertagen! Denn nun, befreit von den Forderungen der Arbeit oder der werktäglichen Gelegenheiten zum Verbrechen beraubt, sucht der Strolch die nahen Wälder auf – nicht aus Liebe zum Landleben, das er in seinem Herzen verachtet, sondern um beengenden

Schranken zu entfliehen. Es verlangt ihn weniger nach frischer Luft und grünen Bäumen als nach der völligen Freiheit dort draußen. Hier, im Wirtshaus an der Landstraße oder unterm Blätterdach, gibt er sich, verborgen vor allen unliebsamen Blicken, in Gesellschaft seiner Genossen einer künstlich geschaffenen Heiterkeit hin – den vereinten Folgen der Ungebundenheit und des Branntweins. Ich sage nicht mehr, als was jedem objektiven Beobachter einleuchten muß, wenn ich wiederhole: die Tatsache, daß die fraglichen Dinge länger als von einem Sonntag zum andern in irgendeinem Dickicht der nächsten Umgebung von Paris gelegen haben sollten, wäre mehr als ein Wunder.

Aber wir bedürfen keiner weiteren Gründe für die Vermutung, daß die Gegenstände in der Absicht im Dickicht niedergelegt wurden, die Aufmerksamkeit von der wahren Mordstätte abzulenken. Lassen Sie mich zuerst auf das *Datum* der Auffindung der Dinge hinweisen. Vergleichen Sie dasselbe mit jenem des fünften Auszugs, den ich aus den Zeitungen gemacht. Sie werden finden, daß die Entdeckung fast sofort nach den der Abendzeitung zugegangenen Hinweisen erfolgte. Diese Zuschriften, die aus verschiedenen Quellen stammen sollten, liefen alle in einen Punkt zusammen – in den Hinweis, daß eine Herumstreicherbande die Tat verübt und daß die Gegend der Barrière du Roule der Tatort sei. Nun ist der Verdacht hier natürlich nicht der, daß die Sachen als Folge dieser Mitteilungen oder der von ihnen beeinflußten öffentlichen Meinung von den Knaben gefunden worden seien; doch der Verdacht liegt nahe, daß die Sachen nicht *früher* von den Knaben gefunden wurden, weil sie eben früher nicht in dem Dickicht gelegen haben, sondern erst am Tag der betreffenden Mitteilungen oder kurz vor diesem Tag von den Verfassern der Zuschriften selbst hingelegt worden waren.

Dieses Dickicht war von besondrer Art. Es war ungewöhnlich dicht. Hinter seinen grünen Wällen befanden sich drei seltsame Steine, *die eine Art Sitz mit Lehne und Fußbank bildeten.* Und dieses so anmutige Plätzchen lag in der nächsten Nähe – nur wenige Ruten entfernt – von der Behausung der Frau Deluc, deren Knaben die umliegenden Gebüsche nach der Rinde des Sassafras zu durchstöbern pflegten. Wäre es übereilt, eine Wette einzugehen, daß *nie* ein Tag verging, ohne daß wenigstens einer der Jungen auf dem natürlichen Thron in der schattigen Laube gesessen? Wer zögern würde, diese Wette anzunehmen, ist entweder selbst nie ein Junge gewesen, oder er hat die kindliche Natur vergessen. Ich wiederhole: Es ist kaum zu begreifen, daß die Sachen mehr als ein oder zwei Tage unentdeckt in jenem Dickicht gelegen haben sollten, und daher haben wir trotz der Unwissenheit des „Soleil" allen Grund anzunehmen, daß sie an einem verhältnismäßig späten Datum an der Fundstelle niedergelegt wurden.

Doch es gibt noch andere und triftigere Gründe für diese Annahme, als ich bisher vorgebracht habe. Lassen Sie mich auf die so überaus auffällige Anordnung der Gegenstände hinweisen. Auf dem *oberen* Stein lag ein weißer Unterrock; auf dem zweiten eine seidene Schärpe; rundum verstreut lagen ein Sonnenschirm, Handschuhe und ein Taschentuch mit dem Namen „Marie Rogêt". Hier haben wir so recht eine Anordnung, wie sie einer vorgenommen haben würde, der den Anschein erwecken wollte, daß die Sachen seit dem

Mord da gelegen hätten. Mir schiene es natürlicher, wenn die Sachen alle am Boden gelegen und zertrampelt gewesen wären. Bei dem engen Raum in jenem Buschwerk wäre es kaum möglich gewesen, daß Unterrock und Schärpe während des Hin und Her mehrerer miteinander ringender Menschen auf den Steinen liegengeblieben wären. „Alle Anzeichen" so heißt es, „deuteten auf einen stattgehabten Kampf, die Erde war zerstampft, die Zweige waren geknickt" – aber Unterrock und Schärpe werden gefunden, als hätten sie weit aus dem Bereich des Kampfes gelegen. „Die an den Büschen hängenden Kleiderfetzen hatten eine Größe von drei zu sechs Zoll. Ein Fetzen war der Saum des Kleides und war geflickt; ein anderer war ein Stück vom Unterrock, aber nicht der Saum. Sie glichen abgerissenen Streifen." Hier hat der „Soleil" unbeabsichtigt eine sehr verdächtige Wendung gebraucht. Die beschriebenen Stücke gleichen in der Tat abgerissenen Streifen – aber absichtlich und mit der Hand abgerissenen. Es ist einer der seltensten Zufälle, daß von irgendeinem der genannten Kleidungsstücke ein Fetzen durch einen Dorn herausgerissen wird. Bei der Art solcher Stoffe aber wird ein

Dorn oder Nagel, der sich in sie verfängt, sie rechtwinklig auseinanderreißen – in zwei längliche Risse, die da, wo der Dorn eingedrungen, zusammentreffen –, aber es ist kaum je möglich, das Stück „herausgerissen“ zu sehen. Weder Sie noch ich haben das je erlebt. Um aus solchen Stoffen ein Stück herauszureißen, bedarf es wohl immer zweier verschiedener Kräfte, die in zwei verschiedenen Richtungen tätig sind. Wenn der Stoff zwei Enden hat – wenn es zum Beispiel ein Taschentuch wäre, von dem man einen Fetzen abzureißen wünschte –, dann und nur dann würde die eine Kraft genügen. Doch im vorliegenden Fall handelt es sich um ein Kleid, das nur einen Rand hat. Nur ein Wunder konnte bewirken, daß Dornen aus den inneren Stoffteilen, wo kein Rand sich bietet, einen Fetzen herauszureißen imstande wären – und ein *einzelner* Dorn würde es nie fertigbringen. Doch selbst wo ein Rand vorhanden ist, bedarf es zweier Dornen, von denen der eine in zwei verschiedenen und der andere in einer Richtung arbeitet – und das unter der Voraussetzung, daß der Rand ungesäumt ist. Ist ein Saum vorhanden, so ist es beinahe ein Unding. Wir sehen also die zahlreichen und großen Hindernisse, die dem „Herausreißen“ von Fetzen durch „Dornen“ im Wege stehen; dennoch sollen wir glauben, daß nicht nur ein Stück, sondern viele so herausgerissen wurden. Und eins der Stücke war noch dazu der Saum! Ein anderes war aus dem Unterrock, nicht der Saum – war also aus dem inneren Stoffteil mittels Dornen vollständig herausgerissen! Dies, sage ich, sind Dinge, denen mit Unglauben zu begegnen verzeihlich ist. Dennoch bilden sie zusammengenommen vielleicht weniger Gründe zum Argwohn als der eine verblüffende Umstand, daß die Dinge von Mördern, die vorsichtig genug waren, die Leiche fortzuschaffen, in diesem Dickicht zurückgelassen sein sollten. Sie hätten mich aber falsch verstanden, wenn Sie meinen, ich beabsichtigte nachzuweisen, daß das Dickicht als Tatort nicht in Frage komme. Das Unrecht mag *hier* oder wahrscheinlicher bei Frau Deluc geschehen sein. Doch das ist im Grunde ein nebensächlicher Punkt. Wir machen nicht den Versuch, den Tatort zu entdecken, sondern die Täter. Was ich anführte, geschah, ungeachtet der peinlichen Sorgfalt, mit der es geschah, erstens, um die Albernheit der positiven und überstürzten Behauptungen des „Soleil“ nachzuweisen; zweitens aber und hauptsächlich, um auf allernatürlichstem Wege Zweifel in Ihnen zu wecken, daß dieser Mord das Werk einer Bande von Strolchen gewesen ist.

Wir wollen diese Frage beantworten, indem wir uns der empörenden Einzelheiten erinnern, die der mit der Untersuchung betraute Wundarzt feststellte. Es braucht nur gesagt zu werden, daß seine veröffentlichten Schlußfolgerungen hinsichtlich der Zahl der Strolche als ungerechtfertigt und unbegründet ehrlich verlacht worden sind – und zwar von den angesehensten Anatomen von Paris. Nicht daß die Sache nicht so gewesen sein dürfte, wie er gefolgert, sondern daß überhaupt kein Grund vorhanden war, so zu folgern – war das nicht Grund genug zu einer anderen Vermutung?

Prüfen wir nun die „Spuren eines Kampfes“, und lassen Sie mich fragen, was diese Spuren beweisen sollten. Eine Bande Strolche! Aber beweisen sie nicht gerade das Gegenteil? Welch ein Kampf konnte stattgefunden haben – ein Kampf, so heftig und lang dauernd, daß er nach allen Seiten Spuren hinterließ – zwischen einem schwachen und wehrlosen Mädchen und einer Bande Strolche? Ein paar kräftige Arme zum Zupacken – und alles wäre erledigt gewesen! Das Opfer wäre ihrem Willen vollständig unterworfen gewesen. Sie müssen im Auge behalten, daß die gegen das Dickicht als Tatort vorgebrachten Argumente nur dann stichhaltig sind, wenn es sich um mehr als einen Täter handeln sollte. Wenn wir nur einen Mörder annehmen, so können wir begreifen, daß ein Kampf stattgefunden hat, heftig genug, um sichtbare Spuren zu hinterlassen.

Und noch einmal! Ich erwähnte schon, daß diese Vermutung vor allem durch die Tatsache erweckt wird, daß die fraglichen Gegenstände im Dickicht belassen wurden. Es scheint geradezu ausgeschlossen, daß diese Schuldbeweise zufällig am Fundort liegengeblieben seien. Es war (so scheint es) Geistesgegenwart genug vorhanden, die Leiche fortzuschaffen; und da sollte man einen weit überzeugenderen Beweis als die Leiche selbst (deren Züge infolge der Verwesung schnell unkenntlich geworden wären) offen am Mordplatz liegenlassen? Ich meine das Taschentuch der Verstorbenen. Wenn das ein Zufall war, so konnte dieser Zufall unmöglich bei einer ganzen Bande von Mordbuben vorgekommen sein. Wir können ein solches Versehen nur einem einzelnen zutrauen. Lassen Sie sehen! Ein einzelner hat den Mord begangen. Er ist allein mit dem Geist der Abgeschiedenen. Er ist entsetzt über den regungslosen Körper da vor ihm. Die Raserei der Leidenschaft ist vorbei, und sein Herz hat Raum genug für die natürliche Folge der Tat – für das Entsetzen. Ihm fehlt die Zuversicht, die die Gegenwart anderer dem einzelnen verleiht. Er ist *allein* mit der Toten. Er zittert und ist fassungslos. Dennoch ist es nötig, sich der Leiche zu entledigen. Er trägt sie zum Fluß, läßt aber die anderen Schuldbeweise hinter sich; denn es ist schwer, wenn nicht unmöglich, die ganze Last auf einmal zu tragen, und es wird leicht sein, wiederzukommen und das Zurückgelassene zu holen. Doch während seiner mühsamen Wanderung zum Wasser verdoppeln sich seine Ängste. Nachtgeräusche umtönen seinen Weg. Ein dutzendmal hört er den Schritt eines Spähers – glaubt ihn zu hören. Selbst die Lichter der Stadt erschrecken ihn. Endlich aber und nach langen und häufigen Pausen halber Ohnmacht erreicht er das Ufer des

Flusses und entledigt sich seiner gespenstischen Last – vielleicht mit Hilfe eines Bootes. Doch *nun* – welchen Schatz böte die Welt – welche Rachedrohung könnte sie haben, die Macht hätte, den einsamen Mörder zu bewegen, jenen qualvollen und gefährlichen Pfad nach dem Dickicht und seinen grausenhaften Gegenständen zurückzukehren? Er geht *nicht* zurück, mögen die Folgen sein, welche sie wollen. Sein einziger Gedanke ist Flucht. Er wendet jenem furchtbaren Buschwerk *für immer* den Rücken und enteilt wie von Furien gejagt.

Doch wie nun eine ganze Bande? Ihre Zahl würde sie mit Zuversicht erfüllt haben, wenn überhaupt je in der Brust des Strolches an Zuversicht Mangel wäre. Ihre Zahl, sage ich, würde den verwirrenden und lähmenden Schrecken, der den einzelnen befallen, gar nicht haben aufkommen lassen. Könnten wir uns bei einem oder zweien oder dreien ein zufälliges Versehen denken – ein vierter würde es wiedergutgemacht haben! Sie würden nichts hinter sich gelassen haben; denn ihre Zahl hätte es ihnen ermöglicht, *alles* auf einmal zu tragen. Sie hätten nicht nötig gehabt, *zurückzukehren*.

Bedenken Sie ferner den Umstand, daß „aus dem Oberkleid ein Streifen von etwa einem Fuß Breite vom unteren Saum bis zur Taille auf-, aber nicht abgerissen war. Er war dreimal um die Hüften geschlungen und im Rücken zu einer Art Henkel verknotet.“ Dies war in der offenbaren Absicht geschehen, einen *Handgriff* zu schaffen, an dem die Leiche sich tragen ließe. Doch würden *mehrere* Männer auf den Einfall gekommen sein, sich solch ein Hilfsmittel zu schaffen? Dreien oder vieren hätten die Arme und Beine der Leiche nicht nur einen genügenden, sondern den allerbesten Halt geboten. Der Einfall kann nur einem einzelnen gekommen sein, und dies führt uns auf die Erscheinung, daß „zwischen Dickicht und Fluß die Hecken umgebrochen waren, und der Boden zeigte, daß hier eine schwere Last entlanggeschleppt worden war“. Aber würden *mehrere* Männer sich die überflüssige Mühe gemacht haben, eine Hecke umzubrechen, um eine Leiche hindurchzuzerren, die sie mit Leichtigkeit über jede Hecke hätten hinüberheben können? Würden *mehrere* Männer eine Leiche überhaupt so *geschleift* haben, daß davon deutlich sichtbare Beweise zurückblieben?

Und hier müssen wir uns einer Bemerkung des „Commercial“ zuwenden, über die ich bereits teilweise mein Urteil abgegeben. „Aus dem Unterrock der Unglücklichen“, heißt es da, „war ein zwei Fuß langes und ein Fuß breites Stück herausgerissen und ihr um Kopf und Kinn gebunden, vermutlich um sie am Schreien zu verhindern. Das müssen Leute getan haben, die nicht im Besitz von Taschentüchern waren.“

Ich sprach schon vorhin die Vermutung aus, daß ein echter Herumtreiber *nie ohne* Taschentuch sei. Doch nicht auf diese Tatsache will ich jetzt besonders hinweisen. Daß es nicht der Mangel eines Taschentuches war, weshalb das Band geknüpft wurde, ist durch das im Dickicht gelassene Taschentuch ersichtlich; und daß das Band auch nicht geknüpft worden, „um sie am Schreien zu verhindern“, zeigt sich auch eben daran, daß es dem dazu so viel besser geeigneten Taschentuch vorgezogen worden. Aber die Beweisaufnahme sagt von jenem Streifen: „Er lag lose um den Hals und war mit festem Knoten geschlossen.“ Diese Worte sind unklar genug, weichen aber von denen des „Commercial“ einigermaßen ab. Der Streifen war achtzehn

Zoll breit und mußte darum, obgleich von Musselin, der Länge nach zusammengefaltet, eine kräftige Fessel bilden. Und so gefaltet wurde er gefunden.

Meine Folgerung ist so: Nachdem der einsame Mörder die Leiche eine Strecke lang an dem um die Taille angebrachten Henkelband getragen hatte (sei es nun vom Dickicht oder von sonstwo her), schien ihm der Transport der Last auf diese Weise zu schwer. Er beschloß, sie zu schleifen – die Beweise zeigen, daß er das *getan hat*. Da er also diese Absicht hatte, war es notwendig, so etwas wie einen Strick an einem der Gliedmaßen zu befestigen. Am besten ließ sich dergleichen am Hals anbringen, wo der Kopf ein Abrutschen verhindern würde. Und nun fiel dem Mörder ohne Frage das Band um die Hüften ein. Er würde dieses genommen haben, wäre es nicht so fest um den Leib geschlungen gewesen, auch war der Henkel daran hinderlich und ferner die Tatsache, daß dieser Streifen ja nicht „abgerissen“ war, sondern noch im Kleid festsaß. Es war einfacher, einen neuen Streifen aus dem Unterrock zu reißen. Das tat er, befestigte ihn um den Hals und schleifte so sein Opfer zum Flußufer. Daß diese Schlinge, die nur mit

Mühe und Zeitverlust zu erlangen gewesen und wenig zweckentsprechend war – daß diese Schlinge *überhaupt* gebraucht wurde, beweist, daß die Umstände, die ihre Anwendung notwendig machten, erst eintraten, als das Taschentuch nicht mehr erreichbar war, das heißt, eintraten, nachdem das Dickicht (falls es das Dickicht war) bereits verlassen worden – also auf dem Weg zwischen Dickicht und Fluß.

Aber, werden Sie sagen, das Zeugnis Frau Delucs weist ausdrücklich auf die Anwesenheit einer Bande von Strolchen in der Gegend des Dickichts und zur ungefähren Mordzeit hin. Das gebe ich zu. Es soll mich wundern, wenn nicht in der Gegend der Barrière du Roule und zu jener Zeit ein Dutzend Banden, wie Frau Deluc sie beschrieben, sich herumgetrieben haben sollten. Aber die Bande, die sich die Ungnade Frau Delucs zugezogen, ist laut der verspäteten und zweifelhaften Aussage der alten Dame die *einzige*, die ihren Kuchen gegessen und ihren Schnaps getrunken, ohne dafür zu bezahlen. *Et hinc illae irae!*

Doch was *besagt* die bestimmte Aussage der Frau Deluc? Eine Bande übler Subjekte erschien bei ihr, benahm sich frech, aß und trank, ohne zu bezahlen, ging in der Richtung davon, die vorher das Pärchen eingeschlagen, kam *zur Dämmerzeit* zurück und setzte in großer Eile über den Fluß.

Nun erschien dieser Rückzug Frau Deluc sicher *eiliger*, als er in Wirklichkeit war, eilig, weil sie noch immer auf Bezahlung gehofft hatte. Nie hätte sie sonst etwas an der Eile der Leute finden können, da es doch zur Dämmerzeit war? Es ist doch wahrlich nichts Verwunderliches, daß selbst Herumtreiber Eile haben, heim zu kommen, wenn ein breiter Fluß in kleinen Booten überquert werden muß, wenn ein Sturm heraufzieht und wenn die Nacht naht.

Ich sage *naht;* denn noch war sie *nicht* da. Es war erst *Dämmerzeit,* als die unhöfliche Eile der „Bösewichter" die gute Frau Deluc beleidigte. Aber uns wurde gesagt, daß Frau Deluc und ihr ältester Sohn an *demselben* Abend „in der Nähe des Gasthofs eine Frauenstimme schreien hörten". Und mit welchen Worten bezeichnet Frau Deluc die Abendzeit, zu der diese Schreie vernommen worden? Es war *„bald nach Dunkelwerden“*, sagte sie. Aber *bald nach Dunkelwerden* ist zum mindesten dunkel, und *„zur Dämmerzeit“* ist bestimmt noch bei Tageslicht. Es ist also vollkommen klar, daß die Bande die Barrière du Roule verlassen hatte, *ehe* Frau Deluc jene Schreie vernahm. Und obgleich bei den zahlreichen Wiedergaben der Zeugenberichte die von den Zeugen gebrauchten Ausdrücke deutlich und unverändert angewendet wurden, genau wie ich sie in diesem Gespräch mit Ihnen angewendet habe, ist doch weder von den öffentlichen Blättern noch von der Polizei der Unterschied in den beiden Ausdrücken der Zeugin festgestellt worden.

Ich will den *gegen* eine größere Bande angeführten Gründen nur noch einen hinzufügen, dieser *eine* aber fällt, wenigstens für meine Begriffe, entscheidend ins Gewicht. Unter den vorliegenden Umständen einer ungeheuer großen Belohnung und völliger Straffreiheit kann keinen Moment angenommen werden, daß ein Mitglied einer *Bande* gemeiner Strolche oder irgendwelcher Kerle überhaupt seine Schuldgenossen nicht verraten haben sollte. Jeder einzelne solch einer Bande ist weniger auf die

Belohnung oder die Straffreiheit versessen als ängstlich, verraten zu werden. Er verrät schnell und ohne Besinnen, damit er selbst nicht verraten werde. Daß das Geheimnis nicht aufgedeckt worden, ist der allerbeste Beweis dafür, daß es eben wirklich ein Geheimnis ist. Die Schrecken dieser dunklen Tat sind außer Gott nur *einem* oder zwei lebenden Wesen bekannt.

Lassen Sie uns nun die mageren, doch einwandfreien Früchte unserer langen Analyse zusammenzählen. Wir sind dahin gekommen, entweder einen tödlichen Unfall unter dem Dach der Frau Deluc oder einen im Dickicht an der Barrière du Roule begangenen Mord anzunehmen – einen Mord, den ein Liebhaber oder wenigstens ein intimer und geheimer Freund der Verstorbenen begangen. Dieser Freund ist von dunkler Hautfarbe. Diese Farbe, der „Henkel" am Tragband und der „Seemannsknoten", mit dem die Hutbänder zusammengebunden waren, deuten auf einen Seemann. Sein Verhältnis zu der Verstorbenen, einem verwegenen, aber nicht verworfenen Mädchen, kennzeichnete ihn als über den gemeinen Matrosen stehend. Hierin bestärken uns die gut und überzeugend geschriebenen Mitteilungen, die den Zeitungen zugegangen sind. Der Umstand jener ersten Entführung legt den Gedanken nahe, diesen Seemann mit jenem vom „Mercure“ erwähnten „Marineoffizier“, der damals das Mädchen zu unrechtem Tun verleitet, zu identifizieren. Und hierher paßt nun sehr gut die auffallende Tatsache, daß jener Mann mit der dunklen Gesichtsfarbe bisher nicht wiederaufgetaucht ist. Ich möchte nochmals bemerken, daß er von dunkler Gesichtsfarbe ist – sie muß schon außergewöhnlich dunkel sein, da sie das *einzige* Merkmal bildet, das sowohl Valence als Frau Deluc für den Betreffenden anzugeben wissen. Aber warum ist dieser Mann abwesend? Wurde er von der Bande gemordet? Und wenn, wieso waren nur Spuren des *Mädchens* zu finden? Der Tatort für beide Morde muß natürlich als ein und derselbe angenommen werden. Und wo ist seine Leiche? Die Mörder hätten sich doch wahrscheinlich beider Leichen in gleicher Weise entledigt. Man könnte aber sagen, der Mann lebt und meldet sich nicht, aus Angst, daß ihm der Mord zur Last gelegt werde. Diese Betrachtung könnte ihm jetzt – zu so später Zeit – gekommen sein, nachdem ausgesagt worden, daß man ihn mit Marie gesehen hat, sie hätte aber zur Zeit der Tat keine Bedeutung gehabt. Der erste Impuls eines Unschuldigen hätte doch sein müssen, die Untat anzuzeigen und zur Feststellung der Mordbuben mitzuwirken. Diese Klugheit hätte ihn gerettet. Er war mit dem Mädchen gesehen worden. Er hatte mit ihr in einem öffentlichen Fährboot den Fluß gekreuzt. Die Denunzierung der Mörder hätte selbst einem Idioten als sicherstes und einziges Mittel erscheinen müssen, sich selbst vom Verdacht zu reinigen. Wir können nicht annehmen, daß er an den Ereignissen jener Sonntagnacht erstens unschuldig sei und zweitens auch von der Greueltat nichts wisse. Dennoch ist nur unter solchen Umständen die Tatsache zu erklären, daß er – falls er am Leben – die Denunzierung der Mörder unterließ.

Und welche Mittel besitzen wir, die Wahrheit zu ergründen? Wir werden sehen, wie diese Mittel während unseres Fortschreitens sich multiplizieren und klarere Gestalt annehmen. Wir müssen die Geschichte der ersten Entführung bis zu Ende verfolgen, müssen das ganze Leben und Treiben des „Offiziers“, seine gegenwärtige Tätigkeit, sein Tun und Lassen zur Zeit des Mordes in Erfahrung bringen. Wir müssen die der „Abendzeitung“ zugegangenen Zuschriften, sowohl Stil wie Handschrift, sorgfältig miteinander und mit den schon früher der „Morgenzeitung“ zugegangenen vergleichen, die so heftig darauf bestanden, daß Mennais der Schuldige sei. Und all dies getan, müssen wir diese sämtlichen Schreiben mit der wohlbekannten Handschrift jenes Offiziers vergleichen. Wir müssen versuchen, aus Frau Deluc und ihren Knaben sowie dem Omnibuskutscher Valence etwas mehr über die äußere Erscheinung und das Benehmen des „Mannes mit der dunklen Gesichtsfarbe“ herauszubekommen. Es muß klug gestellten Fragen gelingen, von diesem oder jenem Informationen über diesen speziellen Punkt oder auch über andere zu erhalten – Informationen, von denen die Leute selbst nicht einmal wissen mögen, daß sie sie besitzen.

Doch wenden wir uns nun dem Boot zu, das der Bootsknecht am Montagmorgen, am dreiundzwanzigsten Juni, aufgriff und das, ohne daß die wachhabenden Beamten etwas bemerkten und ohne Steuerruder kurz vor Auffindung der Leiche vom Zollgebäude wieder verschwunden war. Mit genügender Um- und Vorsicht müssen wir unfehlbar das Boot ausfindig machen; denn nicht nur, daß der Bootsmann, der es aufgriff, es identifizieren kann – wir haben auch das Steuerruder als Beweis. Einer mit einem ruhigen Gewissen hätte wohl kaum das Steuerruder eines Segelbootes so ohne weiteres im Stich gelassen. Und hier lassen Sie mich eine Frage aufwerfen. Über die Auffindung des Bootes wurde nichts bekanntgegeben; es wurde stillschweigend am Zollgebäude angekettet und ebenso heimlich wieder fortgeholt. Wie aber *konnte* sein Besitzer, ohne Mitteilung erhalten zu haben, schon am Dienstagmorgen wissen, wo am Montag das Boot aufgegriffen worden war, wenn wir nicht annehmen, daß der Betreffende mit der Seine-Schiffahrt Bescheid wußte, daß dauernde persönliche Beziehungen ihm hier die Kenntnis aller lokalen Geschehnisse sofort verschafften?

Als ich davon sprach, wie der einsame Mörder seine Last zum Ufer schleifte, erwähnte ich schon die Möglichkeit, daß er sich ein Boot verschafft habe. Das ist sehr wahrscheinlich der Fall gewesen. Die Leiche durfte den seichten Wassern am Ufer nicht anvertraut werden. Die eigentümlichen Wunden auf Rücken und Schultern des Opfers stammen von den Bodenrippen eines Bootes. Daß die Leiche ohne Belastung gefunden wurde, trägt zu meiner Ansicht bei. Wäre sie vom Ufer aus ins Wasser geworfen worden, so wäre eine Belastung gewiß nicht unterblieben. Wir können uns das Fehlen einer solchen nur so erklären, daß der Mörder es versäumt hatte, sich, ehe er vom Ufer abstieß, mit Ballast zu versehen. Als er die Leiche dem Wasser übergab, wird er zweifellos das Versäumnis bemerkt haben; doch da war nichts mehr zur Hand. Man wollte lieber die Gefahr auf sich nehmen, als noch einmal ans fluchbeladene Ufer zurückkehren. Als er sich seiner unheimlichen Last entledigt hatte, trieb es den Mörder zur Stadt zurück. An dunkler geeigneter Stelle sprang er ans Land. Aber das Boot – würde er es festgelegt haben? Er wird es zu eilig gehabt haben, um sich um so etwas zu kümmern. Und außerdem, hätte er es am Landungsplatz verankert, so hätte er damit selbst Zeugnis gegen sich abgelegt. Sein natürlicher Gedanke mußte sein, soweit wie möglich alles von sich zu werfen, was zu seinem Verbrechen in Beziehung stand. Er wird nicht nur eilends vom Landungsplatz entflohen sein, sondern auch das Boot nicht dort zurückgelassen haben; er wird es in den Fluß zurückgestoßen haben. – Weiter. Am Morgen wird der Schurke von unaussprechlichem Entsetzen erfaßt, als er das Boot an einem Ort angekettet findet, den er täglich aufzusuchen pflegt – den aufzusuchen vielleicht zu seiner Pflicht gehört. In der folgenden Nacht bringt er das Boot fort – ohne es gewagt zu haben, das Steuerruder einzufordern. Wo ist nun dieses steuerlose Boot? Es wird eine unserer ersten Aufgaben sein, das ausfindig zu machen. Sowie wir eine Spur davon entdecken, beginnt unser Erfolg zu tagen. Dies Boot wird uns mit einer Schnelligkeit, über die sogar wir selbst erstaunen werden, zu ihm führen, der es in jener unheilvollen Sonntagnacht benutzte. Klarer und klarer wird eines sich aus dem anderen ergeben, und der Mörder wird gefunden sein." –

(Aus Gründen, auf die wir nicht näher eingehen wollen, die aber vielen Lesern klar sein werden, haben wir uns die Freiheit genommen, aus dem in unsere Hände gelegten Manuskript hier das fortzulassen, was sich auf die

Verfolgung des von Dupin gegebenen Fingerzeiges bezieht. Wir halten es für ratsam, nur kurz zu erwähnen, daß der erwünschte Erfolg erzielt wurde und daß der Präfekt, wenn auch widerwillig, den Bedingungen seines mit dem Chevalier geschlossenen Vertrages nachkam. Herrn Poes Erzählung schließt mit den hier folgenden Bemerkungen. – Die Redaktion)

Man wird verstehen, daß ich von seltsamem *Zusammentreffen* spreche und von nichts weiter. Was ich oben über diesen Gegenstand gesagt, muß genügen. In meinem eignen Herzen lebt kein Glaube an Übernatürliches. Daß Natur und Gott zweierlei sind, wird kein denkender Mensch verneinen. Daß letzterer, der die erstere geschaffen hat, diese nach Wunsch meistern und ändern kann, steht ebenfalls außer Frage. Ich sage „nach Wunsch", denn es handelt sich hier um den Wunsch und nicht, wie eine unsinnige Logik meinte, um die Macht. Nicht daß die Gottheit ihre Gesetze nicht ändern *könnte*, sondern wir beleidigen sie, indem wir die Notwendigkeit einer Änderung überhaupt voraussetzen. Von vornherein sind ihre Gesetze so beschaffen, daß sie alle Möglichkeiten, die je im Schoß der Zukunft ruhen konnten, umfassen. Bei Gott ist alles *Jetzt*.

Ich wiederhole also, daß ich jene Dinge nur als Zusammentreffen erwähne. Und ferner: Man wird aus meinem Bericht ersehen, daß zwischen dem Schicksal der unseligen Mary Cecilia Rogers, soweit man dieses Schicksal kennt, und dem einer gewissen Marie Rogêt bis zu einem bestimmten Punkt eine Parallele besteht, deren wundersame Genauigkeit die Vernunft verwirren könnte. Ich sage, alles dies wird man sehen. Möge man aber auch nicht einen Augenblick annehmen, daß es meine versteckte Absicht gewesen sei, im weiteren Verlauf dieser Geschichte und in der Wiedergabe der Aufdeckung ihres Geheimnisses diese Parallele zu verlängern oder etwa anzudeuten, daß die in Paris zur Entdeckung des Mörders einer Grisette angewandten Maßnahmen nun in einem ähnlichen Fall unbedingt ein ähnliches Resultat zeitigen würden.

Denn hinsichtlich dieser letzteren Annahme sollte man bedenken, daß die unbedeutendste Abweichung in den Einzelheiten der beiden Fälle zu den bedeutsamsten

Fehlschlüssen führen könnte, da sie den Lauf der beiden Geschehnisse ganz voneinandertreiben würde, gleichwie in der Arithmetik ein an sich unwesentlicher Fehler schließlich durch die Macht der Multiplikation an allen Enden ein Resultat zeitigt, das von der Richtigkeit ungeheuer abweicht. Und was die erstere Annahme anlangt, so müssen wir im Auge behalten, daß gerade die Wahrscheinlichkeitsrechnung, auf die ich hingewiesen, jeden Gedanken an die weitere Ausdehnung der Parallele verbietet: – verbietet mit einer Positivität, die um so strenger ist, als diese Parallele bereits lang und genau verlaufen ist. Dies ist einer jener sonderbaren Sätze, die scheinbar einer höchst unmathematischen Denkweise entspringen, auf die aber gerade nur der Mathematiker einzugehen weiß. Nichts zum Beispiel ist schwerer, als den Durchschnittsleser zu überzeugen, daß man beim Würfelspiel, nachdem einer zweimal hintereinander die Sechs geworfen hat, die höchste Wette darauf eingehen kann, daß derselbe Spieler die Sechs nicht zum drittenmal werfen wird. Der Verstand kann im allgemeinen einen Grund dafür nicht einsehen. Es scheint unmöglich, daß die beiden erledigten Würfe, die schon ganz der Vergangenheit angehören, auf den Wurf Einfluß haben könnten, der noch in der Zukunft liegt. Die Aussichten auf einen Wurf der Sechs scheinen genau dieselben zu sein, wie sie jederzeit gewesen – das heißt, abhängig nur von den verschiedenen anderen Würfen, die mit dem Würfel gemacht werden können. Und dies ist eine Betrachtung, die so einleuchtend ist, daß Versuche, sie zu widerlegen, weit öfter einem spöttischen Lächeln als achtungsvoller Aufmerksamkeit begegnen. Den hierin enthaltenen Irrtum – ein großer unheilvoller Irrtum – darzulegen, kann ich innerhalb der mir hier gezogenen Grenzen nicht versuchen, und dem philosophisch Denkenden braucht er nicht dargetan zu werden. Es mag genügen, hier zu sagen, daß er ein Glied einer endlosen Kette von Irrtümern ist, die auf dem Wege der Vernunft entstehen, weil diese den Trieb hat, im kleinen der Wahrheit nachzuspüren.